その時。
ズバッ!!
と大岩が何者かによって真っ二つに切り裂かれた。
アラフォーになった
最強の英雄たち、
再び戦場で無双する!! 4
The strongest heroes, now in their 40's, once again become warriors on the battlefield.
「出たな……『神魔』」
デレクはそう呟く

「見せてやる!!
人間が持つ『意志の力』というものを!!
かかってこい『魔王』!!」

それを見たベルゼビュートは……。
「素晴らしい…」
歓喜した。

背中から十六本の虹色の翼を生やした少女がそこに立っていた。
最後の一人が、ようやくその場に現れた。
戦いの場にやってきたヨシダの目に最初に入ってきた光景は、
変わり果てた幼馴染の少女の姿だった。

アラフォーになった最強の英雄たち、再び戦場で無双する!!

The strongest heroes, now in their 40's, once again become warriors on the battlefield.

4

岸馬きらく

illustration
peroshi

口絵・本文イラスト　peroshi

目次

『全てに恵《めぐ》まれなかった男』と『全てに恵まれていた魔王《まおう》』
25年前の因縁《いんねん》に今決着を!!

プロローグ　若き戦士たち

アラン・グレンジャーとベルゼビュートの最初の一撃《いちげき》は、その激突《げきとつ》の余波で周辺の木々を何本もへし折った。

この山地に生息する動物やモンスターたちがほとんど被害《ひがい》を受けなかったのは、単純にアランとベルゼビュートという桁違《けたちが》いの存在が近くに来ていることを感じ取り、一目散に住居を捨てて逃《に》げたからである。

果たしてその最初の一撃同士のぶつかり合いの結果は……。

「……やっぱり体力の衰《おとろ》えはどうにもならないよな」

アランは額からわずかに血を流しながらそう言った。

立っている位置も少し後退している。

一方、ベルゼビュートは無傷。撃《う》ち合った位置から一歩も下がっていない。

つまり客観的に見れば、一度めの激突はベルゼビュートが明確に上回ったということだろう。一千人が見れば九百九十九人はそう答える。

しかし。

「いや、確かに肉体的には老いているが、相変わらずの芯《しん》に響《ひび》いてくる一撃……さすがだな勇者よ」

ベルゼビュートはそう称賛《しょうさん》した。

「買い被《かぶ》ってくれるじゃないか魔王」

「本心を言ったまでだ。魔界《まかい》の者たちとの撃ち合いでは味わったことのないなんとも言えぬこの手応え……やはり人間は素晴《すば》らしいな」

ベルゼビュートは再び、今度は人間自体をそう称賛した。

「体は脆《もろ》く、魔力《まりょく》は低く、寿命《じゅみょう》は短く、あっという間に死んでしまう脆すぎる命。しかしなぜか気がつけば我々の喉元《のどもと》に食《く》らいついてくる。前の侵略《しんりゃく》の時もそうだった。人界に来てお前たちをみた時、余は三年も待たずに侵略を終えるだろうと考えたのだ。しかし、戦いは百年以上に及《およ》んだ。全く不思議な生き物だな」

そしてベルゼビュートは今戦っている他の魔王軍の者たちの方を見るように、遠くに視線を向ける。

「そのことは『真暗黒七星《しんあんこくしちしょう》』の者たちにも再三話したのだがな……最後まで理解するものはいなかった。奴《やつ》らが負けるとすればその侮《あなど》りによってだろうな」

絶対的な強さを誇《ほこ》る自分たちの負け筋をサラッと口にするベルゼビュート。

しかし、逆を言えばそんな侮りのないベルゼビュート自身は、そこに勝ち筋を見出《みいだ》せないとも言える。

（……本当に、厄介《やっかい》なやつだなあ）

アランは出血を軽く袖《そで》で拭《ぬぐ》いながらそんなことを思う。

だが、やるしかない。

自分が負ければ第一王国王城の『封印石《ふういんせき》』は間違《まちが》いなく破壊《はかい》されるだろう。

何より厄介なのが、破壊を終えたベルゼビュートが他の王城に加勢に行くことである。

二つ破壊されれば終わりのこの状況《じょうきょう》。

そんなことをされてはひとたまりもない。

「さあ……踏《ふ》ん張って行こうか」

そう言ってアランは剣《けん》を握《にぎ》り直し、ベルゼビュートに向けて駆《か》け出していくのだった。

□□

一方その頃《ころ》。

人類七大国最後の一つ、第七王国、『鉄と製造の国《シルバーファクトリー》』。

そのビルアドルフ地区の平原では魔王軍と第七王国軍・人類防衛連合の共同戦線の戦いが繰《く》り広げられていた。

連合軍は人類防衛連合の若きエースたち『グレートシックス』の活躍《かつやく》もあり、大きな被害を出しながらも、一度、敵の大戦力である巨大《きょだい》なマシンゴーレムたちを撃退《げきたい》することはできた。

（……すごい子たちだ）

七英雄《しちえいゆう》の一人、『村人』ヨシダは堂々と戦場の最前線に立つ若者たちを見てそう思った。

『トップオブディフェンス』　グリフィス・マクスウェル。

『トップオブパワー』　ストロング・ガーフィールド。

『トップオブマジックパワー』　リーン・クラリス。

『トップオブマジックコントロール』　ライネル・フォックスフォート。

『トップオブアビリティ』　クリシュ・アルマート。

『トップオブスピード』　ステファン・ゴールドイーグル。

彼《かれ》ら六人は前に模擬《もぎ》戦や偽《にせ》の暗黒七星と戦った時に見た強さとはもう別物と言っていいほどに、この短期間で成長していたのである。

若いというのは成長が早いということだ。

たまたま七英雄になっただけで誰《だれ》でもできる後方支援《しえん》しかできない自分から見れば、本当に頼《たの》もしい限りである。

（……だけど、問題はここからだ）

残った敵の戦力は一体。

しかし、それが『神魔』であるなら全くもって油断していい状態ではない。

むしろここからが本番と言っていいだろう。

「イッツショータイム‼」

ゆっくりと歩いてくるのは『真暗黒七星』が一人、『虚構《きょこう》生命』ロキ。

身長は１８０cmほど。

白いスーツを着込《きこ》み、ネクタイを着け、両手を手袋《てぶくろ》で覆《おお》った男である。

体の三分の一ほどが機械であり、顔の半分、左腕《ひだりうで》、そして右足が黒い金属でできており、動くたびにガシャンガシャンと機械が駆動《くどう》するような音がしている。

人に近いがマシンゴーレムの特徴《とくちょう》を兼《か》ね備《そな》えている。

まさに『神魔』の特徴そのもの。

何より歩いているだけで全身から溢《あふ》れ出す濃密《のうみつ》で膨大《ぼうだい》な魔力がそれを物語っていた。

「うぐっ」

それがかつての戦争の恐怖《きょうふ》を思い出させ、また吐《は》きそうになるヨシダ。

なんとも情けない英雄だなと思う。

しかし。

「倒《たお》すぜ『真暗黒七星』、そして俺《おれ》たちはあの人たちと肩《かた》を並べるんだ!!」

『グレートシックス』のリーダー、『トップオブディフェンス』グリフィス・マクスウェルがそう叫《さけ》ぶ。

「「「応っ!!」」」

それに応えて気合いを入れる他の五人。

やる気は十分、気合いは十分。

若き英雄たちと『神魔』の戦いが始まる。

まず口火を切ったのは『トップオブマジックパワー』リーン・クラリス。

「終焉《しゅうえん》の業火《ごうか》、原罪余さず浄化《じょうか》せよ『フレイムトルネード!!』」

放つのは詠唱魔法《えいしょうまほう》。

『人類防衛連合』において戦闘《せんとう》における重要要素である、パワー、スピード、防御力《ぼうぎょりょく》、魔法出力、魔法操作性、特殊《とくしゅ》異能においてそれぞれ飛びぬけた能力を要する六人の戦士たちである。

リーンはその二つ名の通り、高い魔法出力を持つ。

さらにテンプレート魔法よりも遥《はる》かに強力な詠唱魔法を十分に磨《みが》いているため、その威《い》力《りょく》は半端《はんぱ》ではない。

迫《せま》り来る普通《ふつう》の魔《ま》人《じん》が受ければ一瞬《いっしゅん》で灰になるレベルの強烈《きょうれつ》な炎《ほのお》に対し、ロキは。

「熱烈歓迎《ヴィエンヴェニード》!!」

なんと両手を広げてノーガードで受けた。

「!?」

驚《おどろ》いて目を見開くリーン。

魔法のスペシャリストだからこそ分かる。ロキは今、魔力を纏《まと》わせてダメージを軽減する基《き》礎《そ》中の基礎防御《ぼうぎょ》すらしなかった。

さすがの『神魔』も体が焼かれ、僅《わず》かながら金属の一部が溶《と》ける。

「オー、いい……いいぞ小さなレディ」

恍惚《こうこつ》とした表情を浮《う》かべるロキ。

「アイツ体溶かされて笑ってるぞ」

グリフィスが怪訝《けげん》な目をむける。

「妙《みょう》ですね。もう一発試《ため》してみましょうか？」

そう言って跳躍《ちょうやく》したのは、『トップオブマジックコントロール』ライネル・フォックスフォート。

彼が得意なのは精密な魔力操作。

リーンほどのエネルギー量は無いが、指先の一点に魔力を集中し雷《かみなり》属性を付与《ふよ》する。

「雷系統二十九番」

そして放たれる雷のレーザー光線。

「さあ、狙《ねら》ったのは神魔の魔力のコアがある心臓。どうします？」

だが、これもロキは。

「オッケーイ!!」

両手を広げて真っ向から受けた。

当然これも、魔力による防御《ぼうぎょ》無しで。

さすがに『神魔』の強靭《きょうじん》な体は貫《つらぬ》くことができなかったが、それでも心臓部分に命中しコアを剥《む》き出《だ》しにする。そして剥き出しになったコアに僅かながら傷がついていた。

（……コアに傷が入るのをみすみす見逃《みのが》した？）

ヨシダはその様子を見て目を見開いた。

どんな魔人にとっても、コアは人間でいうところの心臓である。

心臓は魔力の源。

これを破壊されれば魔力を生成できずに消滅《しょうめつ》してしまう。

無防備で防御もわざわざ切って攻撃《こうげき》を受ける理由などどこにも。

しかし、次の瞬間《しゅんかん》。

ジュウウウウ、という煙《けむり》を上げてコアの傷が再生したのである。

「何い⁉」

声を上げるリーダーのグリフィス。

「おいおい、どんなに再生力の高い魔人族でも、コアが破壊されたら再生には時間がかかるって座学で習ったはずだぞ⁉」

筋骨　隆々《りゅうりゅう》の男、『トップオブパワー』ストロング・ガーフィールドがそう言う。

「くくく、これが俺の反則能力さ、ボーイ」

ロキはニヤリと笑って言う。

「『完全形状記憶《パーフェクトフォーム》』。俺の体はどれだけ破壊されても、元の形を覚えていて再生する。要は『不死』ってやつだ。そこんとこヨロシク」

「「「なっ‼」」」

その言葉に驚きの声を上げる『グレートシックス』たち。

当然だろう、今まさに倒そうとした相手が不死身だと分かったのだから。

「魔力での防御すらしなかったのはそのためかよ……」

「さあ、お前たちに俺を殺せるかな？」

そう言った次の瞬間。

ロキは一瞬にして『グレートシックス』たちの前に現れた。

「速い⁉」

「おおおおおおおおおお‼」

接近は許したが、そこに素早《すばや》く反応し殴《なぐ》りかかるストロング。

先ほど４００ｍの超巨大《ちょうきょだい》ゴーレムを殴り飛ばした怪力《かいりき》である。

「イエス‼」

そう言ってやはり一切《いっさい》ガードする気無しに、攻撃を受けるロキ。

バキイイイイイイイイイイン。

という金属同士が激突したような轟音《ごうおん》が響く。

「んー、悪くない」

ロキは拳《こぶし》の命中した顔面を凹《くぼ》ませながら笑う。

「悪くないぞお前ら」

そして返しの拳をストロングの巨体《きょたい》にお見舞《みま》いする。

「ぐっ⁉」

体がくの字に折れ曲がり、吹《ふ》っ飛んでいくストロング。

「ストロング‼」

「だが俺の方が少々パワーは上だな」

「くっ‼」

ガーフィールドの近くにいた『トップオブスピード』 ステファン・ゴールドイーグルが動いた。

ストロング以上のパワーを持つ相手だ、まともに接近した状態など危険以外の何者でもない。

ステファンはその随一《ずいいち》のスピードで、距離《きょり》を取ろうとするが。

「スピードもちょっと俺の方が速いな」

「⁉」

ロキに追いつかれ、いつの間にか横にいた。

ドン‼ と、ロキの蹴《け》りが炸裂《さくれつ》。

先ほどのストロングと同じく体をくの字に折り曲げて吹っ飛んでいく。

そしてロキは残る四人の方を、首をグリンと180度回転させて見る。

「んでもって」

そして、右手の二本の指の先に黒い魔力が集まる。

「……っ!! 来る!!」

グリフィスが得意の防御魔法《ぼうぎょまほう》『オニオンシェル』を展開する。

「魔法の威力も、俺の方が上だな。黒色魔法四十番」

ドン!!

と放たれる黒い瘴気《しょうき》。魔界の上級黒色魔法。

『神魔』の莫大《ばくだい》で質の高い魔力から放たれるそれは、先ほどリーンが放った魔法を遥かに超《こ》える凄《すさ》まじい威力で四人に襲《おそ》いかかる。

「ぐっ!!」

しかし、グリフィスの防御魔法はその一撃を受け止めた。

『オニオンシェル』は薄《うす》く頑丈《がんじょう》で柔軟性《じゅうなんせい》のあるバリアを何千枚も重ねることで、高い耐久《たいきゅう》度を実現する防御である。

さらに前回の戦いから改良を加え、一枚一枚のバリアに柔軟性や硬度《こうど》の違《ちが》いを作り出し、互《たが》いの弱点を補い合うような組み合わせを実現した。

「ほう、ほうほうほうほうほうほう!!」

ロキは興味深そうに言う。

「なるほど!!　防御魔法に関しては俺よりも上かもしれないな!!」

そして。

「では、もっと上げていこうかあ!!」

そう言うと、放たれていた黒色魔法の太さが一気に倍になる。

「ぐっ!?」

さすがのグリフィスもこれには耐《た》えきれなかった。

「「「ぐああああああああああああああ!!」」」

バリアが破られ吹っ飛んでいくグリフィスたち四人。

「はははははは!!」

ロキは天を仰《あお》いでパチパチと拍手《はくしゅ》をする。

「いいぞいいぞ、お前ら悪くないぞ!!　もしかしたら俺を殺せるかもしれない。さあ、早くスタンダップ!!　もっと踊《おど》ろうぜ!!」

「……チッ、化け物め……」

魔法によって吹き飛ばされたグリフィスが、正気を失ったように高笑いするロキの方を見て言う。

（……やはりまだ足りないか）

ヨシダはロキと『グレートシックス』の戦いを見てそう思った。

決して彼らが弱いわけではない。

むしろ間違いなく『七英雄』を除けば人類最高の戦力と言っても遜色《そんしょく》ないだろう。

しかし、まだ足りない。

『神魔』に対抗《たいこう》できるような、『七英雄』たちと同じ領域にはまだ届かない。

よって、それぞれの得意分野ですら、拮抗《きっこう》するが、僅かにロキに上回られてしまう。

唯一《ゆいいつ》、グリフィスの防御魔法だけはロキよりも上みたいだが、それは相手が『不死』で防御を必要としていないからであろう。ある意味、相手の防御力は無限とも言える。

そんな「全ての項目《こうもく》で負けている状態」では勝てるわけがないのである。

しかし。

「……は、知るかよ」

真っ先に立ち上がったのはグリフィス。

「相手に何もかも上回られているからどうした……あの人ならそれでも『まだだ』と叫ん

で立ち上がる」

「その通りだぜ」

それに続くようにストロングが。

そして残る四人も立ち上がった。

「きっと、『七英雄』はこんな絶望的な戦いを何度もやってきたんだ……だから、これは試練だ。俺たちが英雄になるためのな」

リーダーの言葉に頷《うなず》き、決意の表情を浮かべるメンバーたち。

（……ああ）

ヨシダは思う。

頼もしい。

本当に頼もしい子たちだ。

後方支援しかできず、戦闘能力も根性《こんじょう》も無く、彼らのように戦えない自分が恥《は》ずかしくなる。

だからこそ、僕《ぼく》は僕のできることを……。

ヨシダはグリフィスの方に駆け寄る。

「……なんだよ。あんた唯一戦えない『七英雄』なんだろ？　危険だから後方に避難《ひなん》してた方がいいぞ」

「うん。その通りだ。でも、一応後方支援くらいはできる。協力させてくれないか?」

第一話 『悪役令嬢《れいじょう》最終形態』VS『遊戯神《ゆうぎしん》』

第四王国『太陽と芸術の国』。

歴史的・芸術的価値の高い建造物が立ち並ぶこの国の王城の中には、やはり多数の芸術品が設置、保管されている。

それもあってか最初の入り口。一般人《いっぱんじん》にも開放しているような広場の門にすら厳重な警備をするほどに、どこもかしこもセキュリティが堅牢《けんろう》である。

大半の王城は国王をはじめとした要人を守るためのためのセキュリティに主眼をおくものが、この城は芸術を愛する現所有者の意向もありそのような状態になっている。

……で、あるにもかかわらずその男は当たり前のようにそこにいた。

「お初にお目にかかりますイザベラ・スチュアート様。『真暗黒七星』が一人、『遊戯神』アデクと申します」

スッと足音一つ立てず、柱の陰《かげ》から現れたのは細身で長身の、目を見張るほどの美男子である。

燕尾服《えんびふく》を着て姿勢よく立つその姿は、丁寧《ていねい》な言葉遣《ことばづか》いとも相まって優秀《ゆうしゅう》な執事《しつじ》のようにも見えた。

魔力を隠《かく》す能力が恐《おそ》ろしく高いのか、七英雄随一《しちえいゆうずいいち》の魔力察知覚を有するイザベラをもってしても魔力を感じとることが全くできなかった。

しかし実際に目にすれば分かる。

この男の圧倒的《あっとうてき》な魔力の量と質。間違いない『神魔』だ。

「警備はそれなりに厳重にしておいたはずだけど？」

「ええ、彼らとの遊戯は退屈《たいくつ》でした」

イザベラの言葉に肩をすくめるアデク。

「アナタとのゲームは楽しくなることを期待しますよ、クイーン？」

「……」

イザベラはアデクの様子を少し観察すると、薄く笑《え》みを浮かべて言う。

「『遊戯神』アデクね……名前からなんとなく能力への察しはつくけど……」

イザベラはパチンと指を鳴らす。

すると、女王の間の壁《かべ》がいくつも反転して五十名以上の完全武装した兵士が現れた。

「自分から遊戯の神を名乗る男にわざわざゲーム勝負をしてやると思ってるのかしら？」

兵士たちは、アデクに一斉《いっせい》に襲いかかる。

「おやおや、穏《おだ》やかではないですねえ……」

アデクは肩をすくめて首を横に振《ふ》る。

そんな悠長《ゆうちょう》なことをしている間に、兵士たちは手に持った槍《やり》でアデクを突《つ》き刺《さ》しにかかる。

一方アデクは全く防御する素振《そぶ》りも見せない。

そして、アデクの体が貫かれた。

次の瞬間。

ドン!!

と、なぜか飾《かざ》られていた絵画が木《こ》っ端微塵《ぱみじん》に砕《くだ》けた。

「おやおや、女王様お気に入りの美術品を壊《こわ》してしまいましたねえ。これは懲罰《ちょうばつ》ものだ」

しかもアデクは全身十ヶ所以上を槍に突き刺されている状態なのに無傷。

「……!!」

これにはさすがのイザベラも驚く。

「アナタは元々、王家の正当な血筋ではない。だからこの城や美術品なども、王族の血筋にある『文化省』大臣と共同所有という形をとっている。まあそうは言っても、構造的には大臣の人事を絶対的に握っているアナタに大臣側は逆らえないわけですが」

アデクは聞き取りやすい声で、スラスラと説明していく。

「アナタとゲームを楽しむための下準備として、大臣からゲームでこの城と美術品たちの主有権を頂いてきました。正確には『ワタシへのダメージを全て、この城とこの国の美術品たちが肩代《かたが》わりする』という契約《けいやく》ですがね」

「……攻撃を止めなさい」

イザベラは冷静な声でそう命令した。

そして、アデクの方を見て言う。

「アナタの能力……ただ、ゲームで倒した相手を殺す能力じゃないのね」

「はい、ワタシの『反則能力』は『絶対制約《ディステニーバインド》』。ゲームに勝つことで『相手が賭《か》けに出した所有物』の所有権を奪《うば》うことができる。物でも命でも……なんでもです。奪ったものはどのように使うことも可能です。今回のようにワタシへのダメージを肩代わりさせたりもできるというわけです」

アデクは愉悦《ゆえつ》の籠《こ》もった笑いを浮かべながら言う。

「もちろん、ワタシが負ければワタシの所有物を差し出すことになるわけですがね……改めてお聞きしますよクイーン。ワタシとのゲーム、受けていただけますか?」

「……」

イザベラは一瞬で考えを巡《めぐ》らせる。

「……いいわ。受けましょう」

「よろしいのですか?」

側近のアリシアがそう言ってきた。

頷くイザベラ。

アデクは気品のある美形に、邪悪《じゃあく》な笑みをいっぱいに浮かべた。

「承認《しょうにん》いただきました」

次の瞬間、先ほどまで女王の間だった周囲の景色が一変した。

黒く闇《やみ》の広がる異空間である。

イザベラも側近のアリシアも兵士たちも強制的にその空間に飲《の》み込《こ》まれたのだ。

「では、ゲームを始めましょう。楽しい楽しいゲームです」

□□

「さてさて……」

アデクは空間の中央に設置されたカジノで見るような四角いテーブル、その椅子《いす》に腰掛《こしか》ける。

「では、ゲームの説明をいたしましょう。四人で行うゲームです」

アデクが指を鳴らすと、黒い影《かげ》が出現しトロールベースの魔族《まぞく》の形になった。

トロールの魔族もアデクの左隣《ひだりどなり》の席に腰掛ける。

「クイーン。アナタも一人、パートナーをお選びください」

「……行くわよアリシア」

イザベラは即答《そくとう》で側近のアリシアを呼んだ。

「かしこまりました」

アリシアは一礼すると席についた。

アリシアは長年連《つ》れ添《そ》った側近……それこそまだイザベラが貴族や王族の集まる学園にいた頃からの同級生でもある。政務においてもイザベラからの信頼《しんらい》は厚い。

この状況で選ばれるのは当然と言えた。

イザベラも席に着く。

「今回のゲームは『ラミー』です」

アデクがそう言ってテーブルに手を置くと、いつからそこにあったのかトランプが手の中に握られていた。

「そのトランプ、城内の休憩室《きゅうけいしつ》に置いてるものね」

「ええ。全てこちらの用意したものではイカサマを疑われてしまいますからね。ゲームはフェアでなければ面白《おもしろ》くない。どうぞ、改めてご確認《かくにん》ください」

イザベラはカードを受け取ると、中身を全て確認する。

「……特に仕《し》掛《か》けはありませんね」

「ええ。単なるジョーカーを抜《ぬ》いた五十二枚のカードね」

「ラミーのルールはご存じで？」

アデクが尋《たず》ねるとイザベラは頷いた。

「ええ、効率のゲームね」

ラミーは最初に八枚のカードを引き、自分の番に一枚カードを引いて一枚捨てることを繰り返すゲームである。

さらに同じ数字のカード三枚以上、もしくは同じマークで連続する数字のカード三枚以上の役を作っていき場に出し、手札を減らしていく。

一番早く「手札」を無くしたプレイヤーが勝ちとなり、その時他の人の手元に残っている手札の数や種類で点数が減っていく。最初の持ち点は100点。
誰かの点数がゼロになった時に最も点数が多かった者の勝ちとなる。というゲームである。
カードの点数は以下の通り。
K《キング》、Q《クイーン》、J《ジャック》　10点
A《エース》　1点
2~10　数字通りの点数
これらの点が、誰かが先に上がった時に、自分の手札に残っている分、引かれていくことになる。
つまり、イザベラが言った通り、いかに周りの手札が多い段階で効率よく早く上がるかが勝負の鍵《かぎ》となるゲームとなる。
性質としては麻雀《マージャン》が近いだろう。
麻雀で言えば役満という大きな上がり点の必殺技《ひっさつ》のようなものがあるが、このゲームにも『ラミー』という、完成まで一度も場に役を出さないで一気に上がるという必殺技が存在する。この場合、上がり点は二倍になる。

アデクは言う。

「しかし、このままでは駆け引きの要素が薄いゲームになってしまいます。そこで戦略性や駆け引きの要素を強化するルールを付け加えましょう」


本来、捨て札は一ヶ所だが自分の前に捨てる。

上がりに必要な最後の一枚を誰かが捨てた時、その時点で上がれる。

相手から最後のカードをとって上がった場合、『直撃《ちょくげき》』としその相手にのみマイナスを与《あた》える。

自分の捨て札が待ちになっていた場合は相手から上がることはできない。

カードは本来、自分の前の人間が捨てたカードを拾うことができるが、同じ数字の三枚以上で役が作れる場合は誰が出しても拾うことができる。その時「上がり」や「拾い」が重なった場合、捨てた相手から番が近い方が優先される。

また、最後の一枚を捨ててそのカードが『直撃』された場合は直撃を優先する。

今回はイザベラとアデクの一騎打《いっきう》ちなので先に相手の点数をゼロにした方が勝ち。

「いかがでしょうか？」

「……基本はそれで構わないわ」

これにより、より麻雀のルールに近い形になり読みや駆け引きの要素が強くなった。

「それで、お互い何を賭けるのかしら？」

イザベラはそう言った。

勝利したものが相手の所有物の主有権を奪い取ることができる『絶対制約』の能力。である以上は、どんなゲームをするかと同じく、いや、それ以上に「何を賭けるか」が重要である。

「それはもちろん……お互いの命ですよ」

アデクは当たり前のようにそう言った。

「負けたほうが命を奪われる。とてもフェアな戦いです。ご安心ください、ワタシの能力はちゃんとワタシが敗北した場合も命を奪いますから」

「でしょうね、じゃないと強すぎるもの」

一方的にゲームを仕掛けて、負けても自分には一切リスクがないとなればとっくに魔界を征服《せいふく》していることだろう。ベルゼビュートに付き従う理由がない。

「でも……足りないわね」

イザベラの言葉にアデクが眉《まゆ》を顰《ひそ》める。

「足りない？」

「命の一対一交換《こうかん》じゃアナタを殺せないわ。見るからに性悪《しょうわる》なアナタのことだから、自分の身代わりとして機能させているものは、城と美術品だけじゃない。ここに来るまでに、国民たちの命を大量に身代わりにできるようにしてきたはずよ。つまり一回勝ってもアタシの国の民が一人死ぬだけってことね」

そこまでは考えていなかったのか、アリシアと兵士たちは驚く。

アデクは言う。

「……なるほど、やけにすんなりゲームを承諾《しょうだく》したと思ったら、そこまで分かっていましたか」

「普通に倒すのは被害《ひがい》が大きすぎるのよね。だからアナタのお遊びに乗っかって殺してあげるわ」

「しかし、そうは言っても賭けるものはそれなりに等価でなければいけませんねえ。他に何を賭けるのですか？」

「全てよ」

「はい？」

「この第四王国の全て。アタシの命、アリシアの命、そこの兵士たちの命、アナタが所有権を奪っていない民たちの命、国土、建造物、資源、そしてアナタたちの一番の目当てである地下の『封印石《ふういんせき》』。全て賭けるわ。その代わりアナタの命のストック全てを賭けなさい、それがアナタの提案した『ラミー』での戦いを呑《の》む条件よ」

イザベラがそう言い放つと。

「……ククク、いいですね。それでこそ遊びがいがあるというものです」

アデクは笑った。

「しかし、準備は念入りにする性質でして『魔界《まかい》』の方にもこの国の国民の五倍ほど『ストック』を用意してあるんですよねえ」

「くっ、卑怯《ひきょう》な……」

側近のアリシアはそう言って歯噛《はが》みした。

そんなにストックを用意して、初めから負ける気などサラサラない戦いではないか。

しかし、イザベラはそのことに全く文句を言わず、代わりに。

「ならアナタの最初の持ち点はアタシの五倍でいいわ」

そう言った。

「⁉」

この発言にはさすがのアデクも本気で驚いた表情を浮かべる。

持ち点五倍の差……例えば完全に実力の差が明確に出るゲームなら大きなハンデをつけたところで勝つこともあるだろう。

しかし、今回は多少追加ルールで駆《か》け引《ひ》きや読みの要素が大きくなったとはいえ、運の要素が大きいトランプゲームである。

持ち点五倍の差は、もはや絶望的と言っていい差だろう。

「その代わり、アタシからも一つルールを提案させてもらうわ」

イザベラは指を一本立ててそう言ったあと、指を三本立てて言う。

「『ラミー』と相手から『直撃』を取った場合の点数は三倍でいきましょう」

「⁉」

さらに豪快《ごうかい》過ぎる提案だった。

アリシアが言う。

「イザベラ様……それはいくらなんでも」

「……分かっているのですか？　アナタの持ち点は通常の１００点。一度でも『直撃』を食《く》らえば致命傷《ちめいしょう》ですよ？」

アデクも至極《しごく》真っ当なことを言ってくる。

しかしイザベラは。

「ええ、構わないわ。むしろこうでないといけない。五倍の点差を殺しきるにはこれくらいの無茶《むちゃ》をした方がいいわ」

平然とそう答えた。

「その自信、リスクを恐れぬその度胸、その泰然自若《たいぜんじじゃく》とした立《た》ち振《ふ》る舞《ま》い、くくく……ホントに面白いですねえアナタは。では『ラミー』と対戦相手であるアナタとワタシの間で『直撃』が起きた場合は点数三倍、ということでよろしいですかね？」

アデクは心底愉快《ゆかい》そうに笑ってそう聞いてくる。

頷くイザベラ。

「よろしい、ゲームスタートです」

□□

イザベラの長年の側近であるアリシアは、山札から七枚のカードを引きながら考える。

（幾《いく》つかルールは加えられたけど……『ラミー』というゲームの基本は変わらない）

それは効率性とスピードである。

ゲームの性質上、どれだけ技量があろうが引いたカードで三枚組の役を作れなければ、上がって敵の点を削《けず》ることができないのだ。

さらには誰《だれ》かが上がった時に、残りの手札が多いほどダメージが大きい。

つまりさっさと自分の手札は減らしておいた方がいい。今回は三倍の点数が付く『ラミー』だが、それでも狙うにはかなりリスクがある行動と言わざるを得ない。

（だからまずはベターに、なるべく早く上がること）

今回の先番はアデク。

「では……」

アデクがカードを一枚山札から引くと。

「ほうほう、これはついてますねえ」

そう言ってAの三枚組と、♡6の三枚組を場に出した。

（……っ!!　いきなり六枚消費）

そしてアデクは一枚カードを捨てる。

これで手札は残り一枚。

すでにリーチがかかっている。

幸いなことに今回の特別ルールである『直撃』は、最後に三枚組以上の役を作れなければ機能しないため、三倍ダメージの直撃を気にする必要は無い。

だがそもそも、誰かが上がった時に残っている手札の数と種類でポイントが削られていくゲームである。

こうなってしまうと、上がれないまでも一刻も早く手札を消費しなければマズい。

イザベラの持ち点は１００点しか無いのだ。

あまり大きなダメージを受けるわけにはいかない。

次はアリシアの番だった。

カードを一枚引くと。

（……イザベラ様。手札を）

（ええ、分かってるわ）

アリシアはかなりポピュラーな、意思《いし》伝達魔法《でんたつまほう》を使ってイザベラとお互いの手札を教えあう。

これはおそらく相手もやっていることだろう。

イザベラかアデクか、自分の主である方を勝たせなくてはいけない性質上必要なことである。

アリシアはイザベラの手札の内容を聞くと。

「……了解《りょうかい》です」

まず、自分の手札から三枚組のJを出す。

そして、二枚揃《そろ》っている7の内の一枚をあえて捨てた。

「『拾う』わ」

ラミーでは自分の前の人間が捨てたカードを拾うことが許されている。

イザベラが透《す》かさず、その7を拾って♠789の役を作る。

さらに手札から先ほどアデクの捨てた6の三枚組にもう一枚付け足し手札を減らす。

さらにKを一枚捨てて番を終了《しゅうりょう》した。

(よし……)

これで手札を四枚消費して残りの三枚。

上がりも見えてきたと言えなくはないが、残念ながらイザベラの残りの三枚の手札はバラバラである。

だが、それでいい。

なぜなら。

トロールベースのモンスターが手札からカードを捨てた。
捨てたのは♠の10。
本来は先ほどイザベラが出した組につけられるはずのカードをあえて捨てたのだ。
アデクがニヤリと笑う。
「では、いただきましょう」
アデクはその♠10を拾うと、イザベラの出した♠７８９の役につけた。
そして最後の一枚を捨てる。
「……あがりですねえ」
ニヤリと笑ってそう言った。
（……くっ!!）
心の中で理不尽《りふじん》を呪《のろ》うアリシア。
たった二順で上がられてしまった。
これではどうすることもできない。
「……」
イザベラの手札に残っていたのは2、4、Qのカード。
つまり合計で16点が引かれることになる。

残り点は。

イザベラ　84点

アデク　500点

いきなりのマイナススタートである。

（だが大ダメージは防ぐことができた……）

アリシアは内心少し安堵《あんど》する。

もし、前の番で手札を可能な限り処理していなければ……例えばラミーを目指して手札を全て取っておいていたりしたら、追加であと30点は持っていかれただろう。

ただでさえ圧倒的に最初の持ち点に開きのあるゲームなのだ。

最初から半分近く削られては致命傷もいいところだろう。

「いやはや……持ち点がマイナスされてしまいましたねえ」

アデクは丁寧ながら愉悦の滲《にじ》んだ声でそう言った。

「見れば分かるわ」

イザベラがそう言うと。

「そうですか、ではアナタの背後にいるモノも見えてますか？」

アデクがそう言った時、イザベラの背後に異形《いぎょう》が現れる。

椅子が、巨大《きょだい》な牙《きば》のある口を大きく開いたモンスターに変化したのである。

「イザベラ様!!」

そしてそのモンスターはイザベラの体を背後から押《お》さえ込むと。

グオオオオオオオオ!!

と耳障《みみざわ》りなうめき声と共にイザベラの肩《かた》に噛《か》みついた。

「ぐっ!!」

珍《めず》しく苦悶《くもん》の声を上げ表情を歪《ゆが》めるイザベラ。

「おやおや、さすがの精神力ですねえ。大の男でも下手すればショック死するレベルの激痛なのですが」

アデクがそんなことを言う。

さらに驚《おどろ》くことに、そう言われたイザベラの、噛みつかれた右肩《みぎかた》の部分が消失していた。

なのに残った右の肘《ひじ》から先はちゃんと動くという奇《き》怪《かい》な状態である。

「ただ戦うだけではつまらないですからねえ。お互いに点数を削られるたびに、体の一部をその化け物に食らわれ消えていきます。そして全ての持ち点を失った時……」

アデクの端整《たんせい》な顔がぐにゃりと歪む。

「その体は完全に食らいつくされ無明の闇へと葬《ほうむ》られるのです!! いいでしょう!! スリリングでしょう⁉ 少しずつ少しずつ自分の存在が消えていく恐怖《きょうふ》と苦痛の豪華《ごうか》セットですよお!!」

「悪趣味《あくしゅみ》な男ね……」

イザベラが吐《は》き捨てるようにそう言う。

「ふふふ……ご安心ください。ゲームはフェアでないといけない。ちゃんとワタシにも化け物はついてます」

そう言ってアデクが背後を指さすと、そこにはイザベラと同じく、椅子が変化した化け物が大口を開けていた。

しかしその表情は自分が負けるなどと微塵《みじん》も思っていないのか、恐怖とは無縁《むえん》のものだった。

「さあさあ、ではゲームを続けましょう」

□□

ひとゲーム終えると、カードは自動的に魔力《まりょく》によって回収されシャッフルされる。

そして再び四人ともカードを引いて手札に加える。

(今回は……私はあまりいい手札ではないですね)

アリシアは自分の手札を見てそんなことを思った。

実際にアリシアの手札は、マークや数がばらついており今のところ一つも役が揃っていなかったし、あと一枚で三枚の役が作れる「受け」の幅《はば》もそれほど広くなかった。

一方イザベラは……。

(……!! これはチャンスですね)

アリシアは自分の手札の中で唯一重なっている♡10を捨てた。

「『拾う』わ」

イザベラはそのカードを拾うと。

手札から他の二枚の10と共に役として場に出す。

さらに、手札から♡ＪＱＫのペアを出した。

これで先ほどのアデクと同じく、六枚消費して残り一枚である。

（今回はこっちに運が向いている……）

ここは取っておきたい。

こんな絶好の機会を逃《のが》すようでは、到底《とうてい》五倍の差など埋《う》めようがないのだ。

しかし。

トロールベースのモンスターが、一枚引いてカードを捨てると番が回ってきたアデクは。

「……ふふふ、では」

そう言って手札からいきなりAの三枚と◇の10ＪＱを出してきた。

「!?」

目を見開くアリシア。

（二回連続で、初めから三枚揃《ぞろ》いが二組!?）

「いやはや、ラッキーですねえ」

「……」

イザベラは黙《だま》って盤面《ばんめん》を見つめるだけだった。

残り一枚になった両者の手札。

あとはどちらが先に上がりに繋《つな》がるカードを引くかという勝負である。

そして一巡《いちじゅん》。

イザベラもアリシアも下がるための最後の一枚は引けない。

そしてアデクがカードを引くと。

「……すいませんねえ。引いてしまいました」

今引いた◇Kを場に出して、残り一枚の手札を捨てて上がってしまった。

イザベラの手札に残っていたのは♣3。幸いなことにダメージは少なかった。

アデク　500点
イザベラ　81点

「さあ、罰《ばつ》の時ですよ」

アデクがそういうと、椅子と同化した魔物《まもの》がイザベラの胸元《むなもと》に噛み付く。

「……ッ」

さすがのイザベラも一瞬《いっしゅん》苦悶《くもん》の表情を浮《う》かべる。

そして、やはり噛みつかれた部分が消失していた。

「しかし……大の男がショック死することもあるくらい、この怪物《かいぶつ》に噛みつかれるのは痛いはずなんですがねえ。少し声を上げるだけとはいやはやなんともとんでもない精神力です」

アデクが嬉《うれ》しそうにそう言った。

（……しかしついていない。防戦一方だ）

アリシアはそう考えるが。

「……やっぱりね」

イザベラがそう呟《つぶや》いた。

「やっぱり、ですか？」

アリシアがそう尋ねるとイザベラは言う。

「『遊戯神』アデク。アナタ、もう一つ反則能力《ブラックスキル》持ってるでしょう？　おそらく運が良くなるとかそういう類の」

「⁉」

「……へえ」

アデクがイザベラの言葉に目を細める。

「大量の身代わりを魔界に用意していたりするところをみると、アナタは勝負を楽しむタイプではなく勝利を楽しむタイプだわ。つまり圧倒的に自分が優位な状況《じょうきょう》を作って戦うタイプ。なのにさっきアタシの提案した、直撃三倍ラミー三倍ルール、『下手を打てば負けるかもしれないルール』を簡単に受け入れた」

「……」

「つまり、何か『自分は絶対に負けない根拠《こんきょ》』があるのは必然……違《ちが》うかしら？」

「……ククク。本当に面白い人ですねえアナタは」

アデクはそう言って手を叩《たた》く。

「おっしゃる通り。ワタシの二つ目の『反則能力』は『神運《ホーリーランダム》』。遊戯《ゆうぎ》において確率を超《こ》えてワタシに有利な目が出る……まあ一言で言えば『強運になる』という能力です」

「なっ!!　なんだその卑怯な能力は!!」

アリシアがそう言った。

基本的に多くの遊戯には運の要素が大きく絡《から》むことになる。

そしてその運を確実に自分に有利な方に出すことができるというなら、これほど有利なことはない。

「そうそう言い忘れていましたが、ワタシは生まれてこの方一万年ほど、この命を賭けたゲームをしてきましたが、一度も負けたことがないんですよねえ。毎回毎回身代わりのストックは用意しているのですが、一度も使ったことがないんですよ」

そして気の触《ふ》れたピエロのように、その端整な顔を邪悪に歪めて笑う。

「さあさあ、見せてくださいクイーン。頭脳明晰《めいせき》、冷静沈着《ちんちゃく》、泰然自若のアナタが恐怖にもだえ苦しんで死んでいく様を!!」

見ればアデクの股間《こかん》がギンギンに盛り上がっていた。

「ああ楽しみです、アナタは一体どんな顔で泣くのか、どんな声で命乞《いのちご》いをするのか……本当に楽しみですよお。ワタシの生きがいです、ああ早く見たい、いやしかし、恐怖と苦痛が侵食《しんしょく》していく様をじっくりじっくりいつまでも眺《なが》めたい、心が二つありますねえ。迷う迷う」

とうとう本性《ほんしょう》を見せた『神魔』の怪物。

ゲームを通して一万年以上、他人の苦痛と苦悩《くのう》を味わい愉悦し続けてきた悪魔《あくま》がそこにいた。

その邪悪さに震《ふる》え上がるアリシアと兵士たち。

だが……。

イザベラはあくまで冷静だった。

「落ち着きなさい。アリシア」

「やつの運は絶対のものではないわ。じゃなければ命のストックをあんなに大量に準備する必要がない」

「た……確かに……」

そう言われてアリシアはハッとした。

「そもそも、ほんとに最強無敵の運なら毎回最初の手札で『ラミー』で上がればいいだけの話だわ。つまり『運が自分の有利に傾《かたむ》く』以上のことは起きないのよ。どんなについていても、間違《まちが》った手を打てば負けることなんていくらでもあるわ」

そうだ。その通りである。

アデクの邪悪なオーラに圧倒され、ここまで連続で上がられていることで我を忘れていた。

「失礼しました。取り乱してしまいお見苦しいところをお見せしました」

アリシアは一息ついてからそう言った。

「学園の頃《ころ》からのアナタの悪い癖《くせ》よアリシア」

「……はい」

「ふふふ、ミス。ミスですか……そうですねえ」

一方、アデクはニヤニヤと笑う。

「まあ、それは気をつけないとですねえ」

□□

ゲームは再開した。

アリシアはゲームを進める過程で、先ほどイザベラに言われたことが正しいことを理解した。

（イザベラ様の言う通り、毎回のようにいきなり手札を六枚消費したり、三～四巡《じゅん》以内に上がってしまうということはない。最初の数回はやつの豪運《ごううん》の中でもかなり運が良かったのだろう）

せいぜい、ほとんどの場合、最初の手札で一組、役ができているくらいのものだ（それでも十分に厄介《やっかい》なのだが）。

これならば勝負にはなるし、実際その後のゲームでは誰も上がれずに流れる回もあった。

このラミーというゲーム、たった八枚の手札を役を作って消費すればいいだけなので、誰かしらすぐに上がってしまうと感じられがちだが意外にも山札が無くなって回が流れるまでに誰も上がれないことは多い。

なぜかといえば、自分の待っている札をお互《たが》いに持ち合っている状態が多発するからである。

例えば似たようなゲームの麻雀であれば同じ牌《ぱい》が四つずつ入っているので、このようなことはそれほど起こらない。しかし、ラミーで使うのはあくまで一組のトランプである。各カード一枚しかないとなれば、自分に必要な一枚を他人が持ってしまっているという状況は多発する。

よって、捨て札を記憶《きおく》し、相手の持っているカードを予測し、自分の待ちのカードが無いとなれば、あえて二枚組を崩《くず》して行くような判断も必要なわけである。

そういう要素もあるがゆえに、最高効率でカードを選ぶことが前提のゲームでありながら、それを実現するのは本当に難しい。

よくゲームモノのフィクション作品では全員が当たり前のようにできている最高効率という『理論値』だが、現実でやるとなればほぼ不可能なのである。

少なくとも第四王国の最高学府を次席で卒業し、女王イザベラの側近として数々の政務を取り仕切る……おそらく国内で五本の指には入るであろうアリシアの頭脳でも『最高効率』の実現は不可能である。

人間の脳はそんなに都合よくできていない。

（だが……）

アリシアは右隣《みぎどなり》に座《すわ》るアデクを見る。

「おっと、また一役揃いましたねえ」

そう言って手札を残り一枚にするアデク。

「ふふ、すいません。また先にリーチですよ」

(……この男。おそらくほぼ完璧《かんぺき》に『最高効率』を実現している……っ!!)

それがアリシアがここまで戦って得た結論だった。

今回、アデクが役として場に出した三組のカードは、捨て札と合わせれば、しっかりと理論上の最善手である。

しかも、途中《とちゅう》で確率的に見てアリシアが手札でホールドしているカードを待ちの二枚組を捨てて作っているのが分かる。

(相手の手札の推測能力も恐《おそ》ろしく高い。『反則能力』による強運に、シンプルに最高のプレイングスキル……)

『遊戯神』という二つ名は伊達《だて》じゃない。この男、大前提としてゲームの腕前《うでまえ》そのものが圧倒的《あっとうてき》に高い。

なるほど、これは一万年負けないわけだと納得《なっとく》するしかなかった。

(ですが……こちらも……)

アリシアは自分の手札のカードを捨てながら、今度は自分の左隣《ひだりどなり》を見る。

「アナタが出した役に◇6と◇7をつけるわ、これでアタシは残り二枚ね」

イザベラはそう言った。

当然のように、自分の主であるイザベラも『最高効率』と他人の手札の読みを実現していた。

毎回アデクの手札消費にくらいついてくるのである。

（相変わらずですね……イザベラ様は……）

さすがは『政略の怪物』といったところか。味方ながら恐ろしい。

「ふふふ……その二枚で『待ち』ですかお早いですねえ。当たりカードを捨てないように注意しなくては」

「インチキ能力で毎回先に上がり待ちになるアナタに言われたくないわねえ」

そう言って互いを見るイザベラとアデク。

しかし、こうなってしまうとあとはどちらが先に上がりのために必要なカードを引くか、という勝負になってしまう。

当然、強運のスキルを持つアデクが有利である。

もちろん、残り一枚では三枚組の残り一枚という上がり方はできないので、今回はイザベラ有利の引き合いとなるが……。

アデクがカードを引くと、それだけでアリシアは心臓がバクバク鳴る。

しかし、上がることはなかった。

アデクは引いたカードを手札に入れて、持っていた一枚を捨てる。

おそらく新しく引いたカードの方が上がる確率が高いか、イザベラの当たりカードの可能性が高いと見たのだろう。

（……助かった）

実はイザベラの手札のカードは♡QとJ。

二枚とも高得点カードであり手札に残しておくと大ダメージを受けるカードである。

（今回は必ずこちらが先に上がらなければ……）

そんなことを思ってアリシアがカードを引くと。

「……!!」

引いたカードを見てアリシアが、思念通信魔法《まほう》でイザベラに問う。

（……出しますか？）

頷《うなず》くイザベラ。

アリシアも頷いて、今引いたカードを捨てる。

「そのカードで『直撃』よ」

アリシアが捨てたのは♡10。

イザベラの二枚の手札と合わせて三枚組が揃って上がりである。

「……ふう」

ほっ、と胸を撫《な》で下ろすアリシア。

もちろん一対一の相手であるアデクから上がったわけでなく、味方から上がっただけなので点数の移動は無いが、少なくともアデクに上がられてのダメージは防ぐことができた。

(……ですが)

アリシアは現在の点数を確認《かくにん》する。

アデク　500点
イザベラ　56点

こちらの被害も最小限に抑えられてはいるがじわじわと削られ、逆にアデクの方はノーダメージである。

これは必然とも言えた。

なにせ、両者とも最高効率で打ち回しており、アデクの方だけ確率的に有利なのである。

ではめったやたらに、効率を無視して高い手を狙《ねら》いに行けばいいのかと言えば、そんなことをしていては普通《ふつう》に、先に上がられてしまう。

（……突破口《とっぱこう》が見えてこない）

アリシアはそう歯噛みするしかなかった。

主であるイザベラを見る。

現状では表情を特に変えることなく、淡々《たんたん》と最善手を打つ主。

（この状況……どう打開するおつもりですか？　イザベラ様）

……そして、そんな二人の様子を見てアデクはニヤリと笑うのだった。

□□

（ふふふ……ハマってますねえ、ワタシの『反則能力』の沼《ぬま》に）

『遊戯神』アデクは新たにシャッフルされた山札からカードを引きつつ、そんなことを考えて内心ほくそ笑《え》んだ。

（ワタシの能力を前にした相手……特に中途半端《ちゅうとはんぱ》に賢《かしこ》い者が陥《おちい》る罠《わな》。それが『延命の罠』

です）

アデクの能力は絶対的な豪運というわけではない。時には相手の方が有利な回が来ることもあるし、それほど引きが振《ふ》るわないこともある。

だからこそ小賢《こざか》しい者の動きを縛《しば》ることができる。

彼《かれ》らはこう考えるだろう。

なら自分も最善手を打っていれば勝てる可能性は十分にある、と。

しかし、残念なことにアデクは単純な頭の良さとして『瞬間記憶《しゅんかんきおく》』と『瞬間暗算』ができる。つまり確率的なミスをしない。

少なくとも効率の面で他人に上回られることはないのである。

そうなれば、回数が増えるごとに形勢は徐々《じょじょ》にアデクの方に傾いていくのだ。

逆になることは無い。少なくとも一万年やって一度もなかった。

アデクの強運は「絶対ではないがその程度には強力」なのである。

（だからあの人間は先ほどのような状況なら、私からの直撃《ちょくげき》を狙って突《つ》っ張らなければならなかった）

確かに先にアデクに上がられれば痛手だが、どこかであぁ言った博打《ばくち》を成功させなければならない。

むしろ、上がり札の片方を味方が押さえたのだから、少なくとももう一巡か二巡くらいは回してから上げれば良いのだ。自分から出なくとも使い魔《つかま》の方から出ることだってある。

今回だけでなく、その前でもいくつか似たようなシチュエーションで同じ「一番安全な選択肢《せんたくし》」をとった。

(……つまりは、ああして冷静でいられるのは、まだ小賢しい長生き作戦で自分を守ったつもりでいるかということ)

最善手を打っているから安心だ。

自分は正しくゲームを進めている。

そんな思《おも》い込《こ》みが、思い込みでしかないことを悟《さと》った時、冷静な仮面の下に隠《かく》された本性が現れるに違いない。

……ああ、楽しみだ。

実に楽しみだ。

「さて、ワタシの番からですねぇ」

アデクは自分の手札をオープンする。

そしてニヤリと笑った。

（ふふふ……だからこういうことになるのです。地獄《じごく》を見せてあげますよ）

アデクは初回、単純に一枚引いて一枚捨てた。

そしてアリシアも一枚引いて捨てた。

イザベラがカードを引くとK三枚の役を出し、カードを一枚捨てて終了。

そして、使い魔の番になり♡3を捨てさせると。

「『拾い』ます」

アデクはカードを拾って、自分の手札の二枚のカードと合わせて役を出す。

さらに。

「実は他にも揃ってたんですよねぇ」

アデクは残りの手札の♣の6、7、8、9、10の五枚のカードを見せる。

「実は初手で張っていたんですよ『ラミー』を」

「……!!」

驚愕《きょうがく》の表情を浮かべるアリシア。

まあ、唯一《ゆいいつ》の待ち札を味方が持っていたのは運がなかったが仕方あるまい。

（……ふふふ、確率的に有利なのですからこういうことだって起きるのですよ）

アデクは愚《おろ》かなる小賢しい者に心の中でそう言った。

そしてこの場合、使い魔からの直撃でラミーをとっても意味はないので、あえて残りの手札も一役ずつ場に出していく。

これで「普通の上がり」となった。各人の手札の残りカードを参照してマイナス点を決める。

「さてさて、クイーンの手札はどうなってますかねえ」

「……」

イザベラは自分の手札を公開する。

残りの手札は合計五枚、先ほどKを三枚出したがまだ10点の札も残っていた。

合計点は36点。

よって。

「では、ショータイムです」

アデクがそう言うと、椅子《いす》の怪物の頭が四つに分裂《ぶんれつ》した。

そして一斉《いっせい》にイザベラの体に豪快《ごうかい》に食らいつく。

「ぐあっ…………！！！」

先ほどとは比べものにならないほどの強烈《きょうれつ》な痛みに、さすがに大きな声を上げるイザベラ。

「……ふう……ふう」

少し憔悴《しょうすい》した顔で呼吸を整える。

その体はもう大部分が消失していた。

なにせイザベラの残り点数は20点。

敵のアデクは無傷の500点であるのに、もはや風前の灯火《ともしび》だった。

次のゲームで死ぬ可能性も十分にある。

「ふふふ……さあさあ、見えてきましたよお。死の時が、その美しい体が肉の一片《いっぺん》に至るまで怪物に喰《く》らい尽《つ》くされる瞬間が。永遠の闇《やみ》がアナタを待っています」

さあさあ、見せてくれ。

絶望を恐怖を怒《いか》りを悔《くや》しさを命乞いを!!

人間の理性の皮を剥《は》ぎ取った醜悪《しゅうあく》で愉快極《ゆかいきわ》まりない姿を！！！

……しかし。

「……さあ、続けましょう」

イザベラは全く変わらない。

淡々と冷静に次のゲームを始め、カードを山札から引いていく。

「……」

「どうしたのかしら？　早くカードを引きなさい『神魔』」

□□

実は『遊戯神』アデクは前回の『絶滅戦争《ティタノマキア》』でも、いくつかの戦場でこっそりと現れていた。

もっとも魔王《まおう》軍についていたのかと言われるとそんなことはなく、ただ両軍問わず戦場で新鮮《しんせん》な獲物《えもの》を見繕《みつくろ》ってゲームで地獄に落とし楽しんでいたわけだが。


大戦の時代なら、戦場で命をかける兵士など沢山《たくさん》いた。

だが、そんな者たちでもこのゲームでの死を前にすると焦《あせ》り、恐怖し、もがき苦しんだ。

戦場ではいつ死ぬかわからない戦いに身を投じている人間がそうなってしまうのである。

なぜなら、このゲームでの死の恐怖は「じっくりくる」からである。

戦場では常に脳内物質の影響《えいきょう》で興奮状態でいることができる。そしてあまり考える間も無く体を動かし、必死についていかなければいけないわけだ。さらにはその場には自分の他にも命懸《いのちが》けで戦っている人間がいくらでもいる。

だが、忘れられるのだ。「死ぬ」という恐怖を。

一方、このゲームでは机に座り、自分の手札と場の状況を一人でじっくりと考えざるを得ない。

すると、必ず現実を直視することになる。

じっくりと死に近づいていく恐怖、ミスをすればあっという間に死んでしまう恐怖。机と同化した怪物に少しずつ体が食われていくことも、それを強調するための装置である。

……だというのに、目の前の女は残り点数が20点になっても全く態度を変えない。

せいぜい、怪物に体を食われて体力が奪《うば》われ顔色が悪くなっているくらいで、本人には全く恐怖している様子がなかった。

(……つまらないですねえ)

アデクは心底そう思った。

(まあ……確かにごく稀《まれ》にいるんですよね。自分の優秀《ゆうしゅう》さを最後の最後まで信じられる人

間が）

真に残念なことだが、一万年生きていて数々の敵を葬ってきたがその中でも数名、こういうタイプがいた。

自分の中で確立した最高効率の戦略に最後まで従い、負けても運がなかっただけと割り切ってしまう、ある意味生物としては落第の頭のおかしいやつが。

だが、これでは意味がない。

アデクの生きがいは、死の恐怖を前に右往左往する生き物を見ることである。

このゲームもそのためだけにやっていると言っていい。

今のままでは勝ったとしても、時間の無駄《むだ》なだけであった。

（仕方ないですね……ならばトドメはその戦略をへし折ってあげますか）

すなわち……直撃狙《ちょくげきねら》い。

自分から勝つために提案した直撃三倍ルールで、さらに相手に振り込むという自分の決定的なミスにより死ぬ。

先ほど言った数人の頭のおかしい連中は、これをやられた時にもっとも悔しがり死の恐怖を最後に見せてくれたのだ。

「……では、行きましょう。後はもう、ワタシはさっさと上がることを考えるだけですから楽ですねえ」

そんなことを言いつつ、アデクはカードを引く。

「おっと、いきなり一組揃《そろ》っていましたね。これは幸運」

そう言って手札から一組、役を出す。

「なんならほとんど最初に一組は役が揃ってるじゃない。何言ってるのよ」

イザベラがそんなことを言ってくる。

その声音《こわね》には……やはり恐怖や焦りを微塵も感じ取ることができなかった。

（ふん、面白《おもしろ》くない。待っていてください、その表情を歪めてあげますよ）

四巡目にしてアデクは残り手札が二枚になった。

（おお、これはいい）
◇JとQ、直撃を取るのに絶好の待ちであった。
なぜなら待ちである◇10、Kは、残り20点しかないイザベラにとっては、絶対に持っていたくない高得点札だからである。

イザベラの残り手札は現在一枚も出せておらず七枚フルで残っている。

アデクの手札が二枚で、リーチがかかっている可能性も考慮《こうりよ》しなければならないからこそ「先に処理してしまおう」という考えが浮かんでくる。

（さあ、さあ、さあ、出してください……）

……しかし。

「♠7よ。これで流れね」

イザベラが最後のカードを出して、この回は山札が無くなり終了《しゅうりょう》となった。

（……出ませんでしたか）

まあ、そういうこともあるだろう。

（……いや、ひょっとすると四巡目でワタシが張ったのを完全に読んだのかもしれませんね）

イザベラの手札は七枚フルで残っていた。

さすがに普通にカードを入れ替《か》えて行って、一枚も場に出せないというのはあまり起きないことである。

となれば、アデクが張ったと推測した瞬間に、自分の手札の役作りは放棄《ほうき》して徹底的《てっていてき》に当たる確率のあるカードは避《さ》ける、いわゆる「ベタ降り」を選んだのだろう。

（なるほど……大した女傑《じょけつ》だ。結果的にそのせいで『延命の罠』にハマっているとはいえ、自分の信じる確率や効率にそこまで身を預けられるとは……）

これまで何人か同じ類《たぐい》の者たちを見てきたが、ここまで追い詰《つ》められた終盤《しゅうばん》ともなれば少しはカードの選択《せんたく》が乱れたりするものである。

（これは……『直撃』を取るには一工夫《ひとくふう》必要ですねえ）

□□

その後も三回ゲームを行ったが、やはりイザベラはアデクが先に張ると徹底的な防御《ぼうぎょ》に徹《てっ》し、一切振《いっさいふ》り込んでくることはなかった。

（……大した傑物《けつぶつ》ですねえ）

しかし、アデクにとってそれは想定済みである。

むしろ徹底《てってい》してベタ降りをしているということは、見事に『延命の罠』にどっぷりハマっている証拠《しょうこ》でもある。

一見確率が高いようで、そのまま行けば確実に死ぬ。

そんな選択を意図せず続けてしまっているのだ。

そしてそんな状態だからこそ、『直撃』でトドメを刺《さ》せば全てを絶望に塗《ぬ》り替えてやることができる。

そしてそのための作戦もアデクはすでに準備していた。

（……ふふ、来ましたね）

五巡目。アデクの手札は、現在まだ五枚残っている。

だがあえて手札に揃っている一つの役を出さず、すでに張っている状態であった。

待ち札は◇8とQの二枚待ち。

アデクは思念通信魔法《まほう》で使い魔に指示を送る。

すると使い魔は◇8を手札から捨てた。

これにて勝負あり。

あとはアデクがこれを拾って、残る三枚を役として場に出せば現在手札を一枚も消費できていないイザベラはほぼ確実に死ぬだろう。

「……」

しかし、アデクはこれをあえて見送った。

（……さあ、これでほぼ間違いなく振り込む形ができました）

アデクは次の自分の番もただカードを切って捨てる。

この状態。

イザベラたちの方からはアデクはまだ張っていないか、それとも◇Qは安全札のように見える。

いやむしろ、イザベラならアデクの待ちが◇8とQ辺りが一番可能性が高いと踏《ふ》んでいただろう。

だからこそ、その読みが今リセットされてしまう。

なぜなら本当にその待ちであるなら、さっき勝ててしまっていたから。

さて、そんな状態で自分の手札にすでに周囲のカードが切れて上がりに使いにくく、高得点カードである◇Qが来た時にどうするか？

間違いなく確率的に考えれば「さっさと切ってしまった方がいい」のである。それは「かなり安全なカードなのだから」。

『延命の罠』にかかっている相手なら確実にその選択肢をとる。

（さあ、引きなさい◇Qを。そして打ち込んできなさい。アナタの『合理性』を絡めとるこの『不合理な罠』に……）

イザベラの番が回ってきた。

カードを一枚引き。

捨てる。

捨てたカードは……。
◇……のK。

(惜《お》しい惜しい、隣《となり》ですねえ)

まあいいだろう。◇Kが捨てられたことで◇Qはより孤立《こりつ》したカードになった。

これで引いた時にあぶれ出る可能性が高まったということである。

(さあ、さあ、さあ、さあ、さあ!! 早く引きなさい。そして見せてください!! 絶望する姿を!! この私の生きる最大の喜びを!!)


……しかし。


「……ふう、これで最後の一枚ですか」

アデクは山札に残った最後の一枚を引いた。

イザベラは最後まで◇Qを出さなかった。おそらく引かなかったのだろう。

まあこういうこともある。

自分の強運は絶対的というわけではないのだ。

(……ですがまあ、機会は何度もある。こちらはまだ無傷。敵は『延命の罠』にハマって消極的な手しか打てていないのですから)

そして何度か試みたうちの一度でもくらえは、絶望と共に死ぬ。

それは決して変わらない。

アデクはそう考え、手札から今引いた♠Kのカードを捨てた。

その時。


「それよ」


「!?」

凛《りん》とした声が闇の中に響《ひび》き渡《わた》った。

「アナタの本性は会ってすぐに分かったわ。アナタは心の底からの快楽殺人犯。他人の苦しむ姿だけが生きがいのロクでもないクズ」

声の主はもちろんイザベラ・スチュアート。

「だから、どんなに追い込んでもアタシがいっさい恐怖《きょうふ》を見せなければ、『直撃』を狙いに来ることも分かっていたわ。自分が上がれる状態を捨ててでも、トドメは『直撃』で取らなければならない。そもそものアナタはゲームで勝利したいのではなく、アタシを上回りプライドをへし折って苦しむ様が見たいのだから。当然のことよね」

そして、イザベラは自分の手札、一度も途中で場に役を出さず七枚そのまま残っていた手札を開く。

「おかげで、じっくりアナタを殺すための手札を作ることができたわ」

その手札の内容は◇♡♣のQに♠のQ、J、10、9。

♠の8とKの二枚待ちであった。

「『ラミー』……そして『直撃』よ。さあ手札を開きなさい『暗黒七星《しちしょう》』」

イザベラは特別誇《ほこ》るでもなく、堂々とした表情でそう言ったのだった。

□□

(……す、凄《すご》い。さすがはイザベラ様だ)

側近のアリシアは改めてそう思った。

思念通信魔法でイザベラから作戦は聞いていたが、本当に完璧に決めてしまうとは……。

「……」

先ほどまで饒舌《じょうぜつ》だったアデクも、あまりに驚《おど》いたのかイザベラの開いた手札を見つめて黙《だま》ってしまっている。

「……なるほど、ワザとですか」

アデクはイザベラの方を見て言う。

「ええもちろん。ワザと確率を勘違《かんちが》いした臆病者《おくびょうもの》っぽくプレイしたわ。アタシのポイントが『直撃』でほぼ確実に死ぬポイントになるまではね。そうすれば時間ができる。必殺の手を作る時間が。なぜならアナタは勝手に自分の上がりを捨ててくれるのだから」

イザベラはニヤリと笑って言う。

「さあ、見せなさいアナタの手札」

「……ええ、そうですね」

アデクはそう言って手札を開いた。

5が四枚に◇9、10、J……合計49点。

さらに『直撃』『ラミー』によって九倍。よって441点。

イザベラ　20点。

アデク　59点。

殺せはしなかったが一瞬《いっしゅん》にして、アデクを『死ぬかもしれない』圏内《けんない》に叩《たた》き込んだ。

(……しかも)

何が恐ろしいって、きっちりアデクの上がりカードである◇Qを手札で使い切っていることである。

つまりアデクの待ちカードもしっかりと読み切っていたわけである。

（やはり……我《わ》が主人ながらとんでもないお人だ……）

アリシアはそう戦慄《せんりつ》せざるを得なかった。

「さあ、今度はアナタが苦しんでみなさい」

イザベラがそう言うと同時に、アデクの座っている椅子に同化した怪物《かいぶつ》が動いた。

どうやらこのゲームはちゃんと平等なゲームのようである。

「ぐおおおおおおおおおおおおおおおおおおおっ!?」

怪物は一気にアデクの体の半分以上を食い散らかしたのである。

一気に400点以上のマイナスだ。もはや痛いとかいう次元ですらない苦痛に違《ちが》いない。

いくら『神魔』といえど、苦痛に顔を歪《ゆが》ませざるを得ないだろう。

「……はあ、はあ、いやはや、効きましたよクイーン」

アデクはテーブルに手をついて息を切らしながら言う。

「……確かにアナタは読みも素晴《すば》らしいですが。何よりとんでもないのは、少しでも外れれば死ぬ読みに身を預け切れるそのメンタルですね。肝《きも》が据《す》わっているなんてものじゃない」

アデクがそう言うと。

「宮廷《きゅうてい》の権力闘争《とうそう》では、読みを外せば死刑《しけい》に追い込まれる状況《じょうきょう》なんて何度もあったわ」

イザベラは当然だと言うようにそう返した。

「酸《す》いも甘《あま》いも裏切りも、全て飲《の》み込んでアタシは今ここにいる。自分の読みに命を預けられるかなんて、今更《いまさら》すぎるわね」

■■

『悪役令嬢《れいじょう》』。

イザベラは第四王国の貴族の子弟が集まる学園でそう呼ばれていた。

イザベラの生家であるライトワイズ家は代々スチュアート王家と対立し、いずれは自分たちこそが実権を握《にぎ》ろうとしていた有力貴族であった。

つまり王族たちから見ればまさに「悪役」だったわけである。

しかもイザベラの容姿は当時から目を見張るほどに美しかった。おそらく美貌《びぼう》で言えば学園随一《ずいいち》。

だから当然、疎《うと》まれたし嫌《いや》がらせも受けた。

だが。

「そんなこと言わずに仲良くしましょうよ。アタシはアナタたちとも友達になりたいわ」

イザベラは嫌がらせに対して反撃《はんげき》するような真似《まね》はしなかった。

相手にも色々な事情があって自分に攻撃《こうげき》をしてくるのだろう。なにせイザベラ本人とはまともに話したこともない人ばかりなのだから。

だから、真心と誠実さをもって接すればきっと心は通じ合える。

「アナタ……ハッシュヴァルト家のアリシアよね？　アタシとお友達になりましょう」

そして自分が辛《つら》い中でも、自分以外の孤立している子にはそう手を差し伸《の》べた。

当時のイザベラは明るく快活で、お人よしで、一生懸命《いっしょうけんめい》。

人と人との繋《つな》がりを大事にし、人を信頼《しんらい》し、誰《だれ》とでも分け隔《へだ》てなく接した。

そんな陽だまりのような彼女《かのじょ》の存在は、自然と人々の人望を集めていった。

「アタシは人を信じてるわ。誰にだって優《やさ》しい心はあるもの」

イザベラはそう断言して憚《はばか》らなかった。

当時から学業はトップだったが、お人よしすぎて危なっかしいところのあったイザベラは、気づけば素晴らしい友人達に支えられて学園生活を謳歌《おうか》していた。

そして、ついにその評判は二学年上の王位継承権《けいしょうけん》を持つ第一王子まで届く。

イザベラの容姿を一目見て気に入った第一王子が廊下《ろうか》でイザベラのことを呼び止め、急に手を掴《つか》んでキスをしてきた。

「今夜、王城で夜会がある。君を招待することにしたよ。ほら、僕《ぼく》にありがとうは？」

男性でありながら切れ長の目を持つ美しく整った顔で、囁《ささや》くような甘い声でそう言ってくる第一王子に対しての、イザベラの返答は。

「なんですかその態度は!!　いくらなんでも無礼ですよ!!」

と、説教をかましたのである。

次期国王に。

近くにいたイザベラの友人達は恐怖に固まってしまったが。

「……おもしれー女」

第一王子の反応はなんと良好。

それまで第一王子でありながら同時に国内一の美男子と言われた自分に、こんな態度をとる女はいなかった。

そして第一王子はイザベラに情熱的にアプローチし、イザベラも第一王子の俺様気質だが実は素直《すなお》で善良な人柄《ひとがら》に惹《ひ》かれていき、恋仲《こいなか》になり将来を誓《ちか》い合った。

しかし当然、王室の方は二人の結婚《けっこん》を歓迎《かんげい》しなかった。

なにせイザベラは悪役貴族の令嬢なのである。

イザベラは国王直々《じきじき》の命令として、魔王軍討伐《とうばつ》部隊への参加を命じられてしまう。

ライトワイズ家は国王家に取って代わる可能性を期待できるくらいには高い身分であった。いくら『絶滅戦争』で苦しい状況とはいえその貴族の令嬢が戦線に徴兵《ちょうへい》されるというのはおかしな話である。

どう考えても、第一王子とイザベラを引き剥がし、戦死させてしまおうという王室の意図が見てとれた。

「すまないイザベラ。まだ国王ではない僕《ぼく》にはどうすることも……」

悔しそうに第一王子。

「いえ、アナタは悪くないよ。でも……どうすればいいのかしら」

そう途方《とほう》にくれていたイザベラだったが。

「これはチャンスでもあるよイザベラ」

そう言ったのは同級生で友人の一人であった第一王子の弟、第三王子のジョセフだった。

「ここで戦果をあげて実績を作ってしまえばいいんだ。そうすればイザベラに箔《はく》がつく。次期国王の妻に相応《ふさわ》しい人物として文句がつけられなくなるさ。もちろんそのためには戦場で生き残らなくちゃならないけど……」

ジョセフは自分の後ろにいる学園での友人達を指差して言う。

「僕らが協力するよ。パーティを組もう、僕らも君と一緒《いっしょ》に戦場で戦う」

頷《うなず》く友人達。

「……皆《みな》」

イザベラは皆に感謝し、学友たちと共に戦線に参加した。

元々学校でも魔法実技の成績が高い者が多かったイザベラとその学友たちは、戦場でも目覚ましい活躍《かつやく》を見せる。

特にイザベラはメキメキと雷《かみなり》系統の魔法の力をつけ、皆から助けられながらも苦戦の末、見事『暗黒七星』の一体を撃破《げきは》するという偉業《いぎょう》を成《な》し遂《と》げる。

そしてアランによってベルゼビュートは倒《たお》され、ゲートが消失し魔王軍は去った。

イザベラは仲間達と共に久々の王都に凱旋《がいせん》した。『暗黒七星』打倒《だとう》という最高の功績をもって。

これで王子との婚約《こんやく》も認められめでたしめでたし。

『悪役令嬢』と呼ばれた少女は、その善良さと優しさとひたむきさで最高の幸せを手に入れましたとさ。

……とはならなかった。

しかし、帰還《きかん》したイザベラを待っていたのは……。

「え、国王が何者かに暗殺されたですって⁉」

国が始まって以来の暗殺事件だった。

第四王国の国王は代々警備を厳重に行う伝統があり、四六時中警備がついている。そのため、長い歴史の中でこれまで暗殺で命を落とした国王はいなかったのだ。

特に、今の国王はあまり活発に動くタイプでもなかったのでプライベートでも親しい人たちとしか関わらないタイプであった。

そんな国王暗殺に動揺《どうよう》するイザベラ達に、さらなる予想もしていなかった展開が待っていた。

第一王子のもとに、当時今よりも何倍もの権力を持っていた『人類防衛連合』の憲兵たちがやってきたのである。

「第一王子。魔王軍の使っていたアジトから、君が送ったと見られる各国の防衛機密書類が見つかった。貴様の身柄《みがら》を拘束《こうそく》する。弁明は連合裁判所で聞くぞ」

「な、なんのことだ‼　僕は知らないぞ‼」

そうして第一王子は軍法会議にかけられ……間もなく死刑が確定した。

罪状は各国憲法の上位に位置する人類最高憲法である『連合規約』で最も重い罪『人類反逆罪』。

自分に王位を継《つ》がせるか迷っていた現国王を暗殺し、さらには『魔王軍』と密約を交《か》わすことで人類側の機密を提供する代わりに、第四王国の王族は『魔王軍』に敗北したのちも奴隷《どれい》である人類全てを束ねる王として君臨できるようにしていた……これは全人類に対する裏切りであり、死罪以外の選択肢は無い。

それが『人類防衛連合』が出した結論だった。

そんなのはおかしい!! とイザベラは思った。

自分は第一王子のことを誰よりもよく知っている。一緒に夜の睦言《むつごと》を交わし、彼の無防備な寝顔《ねがお》から出る寝言《ねごと》も聞いたことがある。

だから第一王子は、俺様気質で少し傲慢《ごうまん》なところはあるが、誰よりも国民のことを考える国王のことを尊敬している人物であることを知っているのだ。決して父親を暗殺し人類を売るなんてことをする人じゃない。

しかし、そんなことは英雄《えいゆう》といえど、まだ単なる一貴族の娘《むすめ》であるイザベラが言ったところで聞き届けられるはずもなかった。

第一王子の死刑は滞《とどこお》りなく行われた、第四王国国内でも「歴代最悪の王子」として。

「そんな……なんでこんなことに……」

イザベラは呆然《ぼうぜん》とすることしかできなかった。

どうしてこんなことになってしまったのか。色々な困難を皆《み》んなと乗り越《こ》えて、ハッピーエンドになったはずなのに。

「イザベラ……」

「イザベラ様……」

一緒に戦った、第三王子のジョセフやアリシアたちもなんと声をかければいいのか分からないほどイザベラは泣き続けた。

結局、王位はイザベラと共に戦った実績を評価されてジョセフが継ぐことになった。

戦争が終わり平和の歓喜《かんき》の中で行った国を挙げた戴冠式《たいかんしき》の間も、イザベラはずっと自室にこもって涙《なみだ》を流していた。

だが、やがてイザベラは自室を出て何かを調べ始める。

(……やっぱり何かがおかしいわ。いくらなんでも処刑《しょけい》までの流れが不自然すぎる)

一番付き合いの長いアリシアにも頼《たの》んで、第一王子の処刑までの経緯《けいい》とその周辺で起こっていたことについて調べた。

……そして。

「……イザベラ様、やはりこれは」

「嘘《うそ》……そんな……」

二人は真相に至る決定的な手掛《てが》かりを入手する。

それは第一王子の裁判を行った『人類防衛連合』の裁判官は、第三王子ジョセフと古い友人であり、魔王軍討伐の最中に第三王子の使いから巨額《きょがく》の寄付金を受け取っていたということである。

アリシアとイザベラが変装しその美貌を生かして、高級クラブで酒を飲んでいた裁判官に大量の酒とそれに混入させた自白剤《じはくざい》を飲ませて実際に聞き出したのだから間違《まちが》いない。

そこを手掛かりにすることで、いくらでも証拠は出てきた。

魔王軍のアジトにあったという人類各国の機密情報が書かれた書類は捏造《ねつぞう》だったし、前国王はそもそも第一王子に跡《あと》を継がせると親しいものには話していたのだから殺す理由も無い。

結論から言えば、黒幕は学友でもあり戦友でもあった第三王子ジョセフだった。

なにせこの一件により、最も得をしたのはジョセフである。他の第二王子や第四王子を差し置いて見事に国王になったのだから。

親友の裏切りに言葉を失うイザベラ。

それでも信じたかった。

学園時代から自分の味方をしてくれて、一緒に戦ってくれて、カッとなると少し乱暴になるけど面倒見《めんどうみ》のいい彼《かれ》が、ここまでのことをするはずがないと。

だが、自分自身で集めた明確な証拠たちがそれを信じることを許さない。

「……私は、人を信じて……誰にでも優しい心は」

しかし、ジョセフは国王に就任すると態度が一変。

長年国を支えた者たちを追い出し、自分の周りは自分の息のかかった人間で固めた。そして、戦後復興のためをうたい増税をすると、贅沢三昧《ぜいたくざんまい》な暮らしを始めたのである。

さらに、ジョセフは自分の妻にイザベラを指名したのである。

今やジョセフの言うことは、全て絶対的な王命だった。

イザベラは強制的にジョセフと婚約させられる。

そして結婚初夜。

イザベラはジョセフの寝室《しんしつ》で、これから抱《だ》かれようという前に尋《たず》ねたのだ。

「待って。ねえ、ジョセフ。お兄さんのこと……どう思ってたの？」

信じたかった。

最後の最後まで。

だが、ジョセフの答えは。

「せっかくお前を手に入れたんだ。こんな時に、アイツのことを言うのはやめてくれよ」

その隠《かく》しきれない嫌悪《けんお》と苛立《いらだ》ちの籠《こ》もった言葉を聞いた時。

イザベラは確信してしまった。

つまり、最初からこういう筋書きだったのだろう。

ジョセフはイザベラと共に魔王軍討伐部隊に参加し自分に箔をつける。その間に国王を暗殺し、第一王子を排除《はいじょ》する。そうすることで戦功のある自分が他の王子を差し置いて国王になれる。

もっと言うなら、今思えばイザベラは前からジョセフに時々邪《よこしま》な目で見られている気がしていた。自分の勘違いであると思いたかったが先ほど「ようやくお前を手に入れられたんだ」と自分で言ったのだ。

この男は、第一王子の持っている全てが欲《ほ》しかったのだろう。

そしてそれを邪悪《じゃあく》で卑怯《ひきょう》なやり方で実行した。

「さあ、イザベラこっちに尻《しり》を向けろ」

「……私は、人を……信じて」

「全く。夜のマナーがなってないな」

もはや嫌悪しかない相手に、後ろから犯《おか》されながらイザベラは悔《くや》しさと後悔《こうかい》にベッドのシーツを血が滲《にじ》むほど握りしめる。

本当は抱かれたくなどない。

だが相手はすでに王となった人間だ。

自分はアランやケビンやノーマンのように、国を敵に回しても一人でなんとかできてしまうほど強いわけではない。

だから逆らうことはできない。

（ああ……私はなんて愚《おろ》かだったんだろう）

ジョセフの相手のことなど一切《いっさい》考えない激しい突《つ》き込《こ》みに、下半身の痛みをジンジンと感じながらイザベラは思う。

（人を信じるなんて……誰でも優しい心を持っているはずだなんて……お花畑もいいところだった……邪悪はいる……この世界にいくらでもいる……むしろそれこそが人の本質なんだ……）

後に調べたところによると首謀者《しゅぼうしゃ》はジョセフだったが、王室や上級貴族たちの多くがジヨセフの計画を支援《しえん》したり、知っていてスルーしたりしたらしい。

何せ第一王子はかつてのイザベラが感心するくらいに誠実で潔白で高潔な人間だった。

そんな男に王になられては、自分たちのやっている「良くないこと」が裁かれてしまうかもしれない。

それを知っても、もはやイザベラは憤《いきどお》るようなことはなかった。

「まあ、そうでしょうね」

と冷たい睥睨《へいげい》するような目をして、報告してきたアリシアに答えるだけだった。

「アリシア」

「はい」

「これから、クズどもに地獄《じごく》を見せるわよ。ついてきなさい」

「かしこまりましたイザベラ様」

そしてイザベラは政界で暗躍《あんやく》を開始した。

その手腕《しゅわん》は見事なもので、みるみるうちに政界の勢力図をイザベラ派に塗り替えていった。

国王の妃《きさき》と言う立場の強さもあったが、何よりもイザベラの手腕は異常であった。

元々、頭はよかったのだが何より、人という生き物の真理……すなわち欲望に塗《まみ》れた悪しき生き物であることを心の底から理解したことで、他人の考えが手に取るように分かったのである。

そして、国王であり夫であり最も嫌悪する存在であるジョセフに面従腹背《めんじゅうふくはい》しながら、徐々《じょじょ》に準備を進め……三年後。

「ジョセフ様。貴方《あなた》には多数の不正会計や裏金疑惑《ぎわく》、何より前国王の暗殺容疑がかけられています」

ジョセフの部屋に雪崩《なだ》れ込んできた憲兵たちがそう言った。

「ば、バカな!!」

ジョセフが信じられなかったのは、前国王の暗殺や数々の不正がばれたことではない。

そんなものは時間をかけて探《さぐ》れば見つかるだろうと思っていた。

だが見つけたところで、自分を起訴《きそ》できることはないだろうとたかを括《くく》っていたのである。なぜなら第四王国では国王の罪を起訴するには、四人の大公の全会一致《いっち》が必要なのである。

そして、ジョセフはその地位に自分の息のかかったものを強引《ごういん》にねじ込んでいた。

その制度が始まって以来、一度も利用されたことのない形骸化《けいがいか》している決まりだったのに……。

「離《はな》せ!!　俺を誰だと思っているんだ!!　クソ、アイツらめ!!　俺がいい思いをさせてやったのに裏切りやがったな!!」

抵抗《ていこう》するところを憲兵に押《お》さえ込まれ、床《ゆか》に伏《ふ》した夫をイザベラは冷めたような目で見下ろす。

「い、イザベラ……」

「頭の悪い人……利益で釣《つ》った連中なんだから、利益か損失で簡単に裏切るに決まってるじゃない」

「まさか……お前が……っ!!」

「安心しなさい。お仲間もすぐ同じ場所に送ってあげるから」

「イザベラああああああああああああああああああああああああ!!」

そうして、国王ジョセフが処刑された。

犯した罪を数えれば何度処刑されてもお釣りの来るレベルのものだったのだから当然である。

そして夫の後を継ぐ形でイザベラは第四王国の女王になる。

そこからさらに一年で、先の四大公を含《ふく》めたジョセフに協力していた者たちを、誰もが納得《なっとく》できる形で処刑まで追い込んだ。

さらに一年で、本来は王家の血を継いでいるわけではないイザベラに反発する勢力を次々に懐柔《かいじゅう》、排除していく。誰一人《だれひとり》、イザベラの裏をかけるものなどいなかった。

そして、イザベラが政略を開始して五年。

国内でイザベラに逆らうことのできるものはいなくなった。

悪役令嬢は最終的に女王となり、国の全てを手中に納めたのである。

■■

イザベラ　20点。

アデク　59点。

まだ点差はあるが、それもラミーというゲームにおいて常識的な範囲《はんい》。

常識的に逆転が可能な範囲だった。

（……これで相手は、先ほどまでの絶対的な余裕《よゆう》は無くなった）

側近のアリシアは、アデクの方を見ながらそんなことを考えた。

本来の１００点からスタートするラミーならもうこの時点でアデクは敗北している。

直撃《ちょくげき》三倍ルールなのだ。むしろ次の一回でアデクの方が負けることだってある。

そんな状況だ。

(これで相手が萎縮《いしゅく》したり、手を縮こまらせてくれればこっちにとっては好都合……)

しかし。

「……ふう」

アデクは先ほど身体中《からだじゅう》を一気に怪物に喰《く》らわれたダメージから、早々と立ち直って体を起こすと。

「いいでしょう……どうやらアナタはただの壊《こわ》して遊ぶ玩具《おもちゃ》ではない……明確に『敵』足りうることを認識《にんしき》しました」

そして、これまでのヘラヘラした表情から一変。

「殺しましょう、確実に」

鋭《するど》い殺戮《さつりく》者の眼光に変わる。

ゾワリ!!

とアリシアの身の毛がよ立つ。

(なんという威圧《いあつ》感と邪気《じゃき》だ……)

「……ゲームを再開するわよ」

イザベラがそう言って、四人はカードを引いてゲームを再開する。

（……!!　これはチャンスだ）

イザベラと自分の手札の内容を、意思伝達魔法《まほう》で確認《かくにん》しあったアリシアは目を見開く。

自分がイザベラに欲しいカードを拾わせれば、あっという間にリーチをかけることができる。

（しかも……ここまで点差を詰《つ》めていればラミーは必要ない。普通《ふつう》の直撃で……いや、下手をすればやつの手札が多い時に、普通に上がるだけでも致命傷《ちめいしょう》になりうる）

最初の番であるアデクの使い魔がカードを捨て、次にアデクがカードを捨てる。

そしてアリシアの番。

イザベラからの指示は……。

「……」

アリシアはカードを引くと、いらないところを一枚捨てた。

イザベラは『拾い』をしない。そもそもイザベラにとって必要なカードではなかったからである。

（確かに、イザベラ様に『拾い』をさせればすぐにリーチをかけられる状況……）

だが、だからと言って焦《あせ》ることはない。

リスクはあるが手札のカードは多い方が待ちは広いのだ。

相手が強運のスキルを持っているとはいえ、数巡《すうじゅん》ぐらいは様子を見て回してもいいだろう。

そしてさらに二巡が経過。

アデクの方も大きな動きはない。

（……イザベラ様、そろそろ？）

アリシアがアイコンタクトで確認をとると、イザベラが頷く。

アリシアが手札から♡6を出した。

「『拾う』わ」

そしてイザベラが手札から一気に♡4、5、7、8を出した。

間を埋《う》める♡をアリシアが埋めたのである。

そして一枚手札を捨てて……これでイザベラの残り手札は二枚。

◇の9、10。

（よし、これでリーチがかかった。あとはこちらが上がってしまうかアデクが◇の8、Jを出せば……現状、アデクは手札が全部残っている）

よって『直撃』による三倍のダメージを受けたなら、ほぼ間違いなく死ぬことになるだろう。

今回のゲームにおいて常に喉元《のどもと》に死の刃《やいば》を突きつけられていたイザベラが、初めてアデクに刃を突きつけ返した格好である。

……さあ、この状況。

敵はどう出るか？

そう考えていたら。

「そのカード、拾いましょう」

アデクが使い魔の捨てたカードを拾った。

そして。

「……『ヒロウ』」

今度は使い魔がアデクの捨てたカードを拾う。

これで使い魔の手札は残り四枚。

「では、ワタシはそのカードも『拾い』ましょう」

そう言って使い魔のカードを『拾い』、手札の二枚と一緒に場に出す。

これでアデクの手札は残り二枚。

そして、その内の一枚である♠10を出すと。

「……ソノカード、アガリ」

そう言って使い魔は自分の手札を公開した。

手札の中身は♠8、9、J、Q。

先ほどのアリシアたちと同じ、ちょうど間を埋める上がりカードだった。

「おやおやあ、これは直撃をくらってしまいましたねえ」

そう言って手札に残っていたカードを見せるアデク。

数字は3であった。つまり軽傷。

そのカードとアデクが場に出したカードを見て、アリシアは戦慄する。

（……この男、途中《とちゆう》で自分の上がりを完全に度外視して、使い魔の方を上がらせにきていた!!）

おそらくだがアデクは感じとっていたのだろう。

今回のイザベラはかなり「良さそうだ」と。

さらに自分の手札もイマイチ、強運とはいえこういうこともある。

だから、使い魔に自分から少ないダメージで直撃をとらせてこの番を終わらせる。

『直撃』三倍ルールはイザベラとアデクの間で適用されるのだから、自分から振《ふ》り込んでしまった方がダメージは最小限ですむ。

特に最後に残した3のカードなんか、「明らかにアデクの手の中ではいらなかったカード」である。自分の上がる確率が下がるカードを手に持ってでも、この回を全力で「損切り」に行ったのだ。

（……これは、できそうでなかなかできる判断ではない）

いくら3点といえど命がかかっているこの状況で残り59点まで迫《せま》っているのだ。今回のマイナスで残り56点。

また一つ『瞬殺《しゅんさつ》』をされる可能性が高まったわけである。

そんな恐怖《きょうふ》の伴《ともな》う判断を素早《すばや》く行える合理性、そして何より素早く相手と自分の有利不利を嗅《か》ぎ分ける嗅覚《きゅうかく》。

「ぐっ!!」

石の化け物に少し体を喰らわれるアデク。

「……っふう。では、次のゲームを始めます」

そうやって、アデクの番からスタートのゲームが始まる。

次のゲームは誰も上がれずに流れた。イザベラは待ちを作って『直撃』を狙《ねら》ったのだがアデクは徹底的《てっていてき》に安全なカードを出し続ける。

さらに次のゲームではイザベラが先にカードを揃《そろ》えて、全てのカードを出し切った。

しかし、なんとここもアデクは手札の上がりを崩《くず》してまで、数字の大きいカードを捨てており、12点のマイナスに止《とど》まる。

イザベラ　20点。

アデク　44点。

徹底《てってい》した防御《ぼうぎょ》。

この数回はむしろ、イザベラの方が運が向いているのに殺しきれない。

そしてアデクはあくまで強運を持つもの。

「おおこれはついてますねえ」

次のゲームでアデクはいきなり二組の三枚ペアを場に出してリーチ。

「くっ!!」

アリシアはイザベラになんとか自分の手札のカードを拾わせて、手札を減らすが。

三巡後、山札からカードを引いてニヤリと笑うアデク。

「上がりです」

(そうだ……考えてみればこの男は、圧倒的《あっとうてき》優位な状況を作って戦うとはいえ、一万年、ゲームに勝ち続けてきた男)

運と最適な効率、的確な場の読みと押し引きの感覚……そこから導き出される当たり前の結果がそこにあった。

（改めて思い知らされる……この男は遊戯者《ゆうぎしゃ》として、単純に超一流《ちょういちりゅう》なんだ……）

「クイーンの手札は……おお、これは運がいい。7、3、2の合計12点ですか」

イザベラのもう残り少ない体が、椅子《いす》の怪物に喰らわれていく。

「っ……!!」

やはりかなりの痛みを伴うのだろう。大きなマイナスではないとはいえ、イザベラの精神力を持ってすら苦悶《くもん》の声が漏《も》れる。

「さあ……残りの点はこれで一桁《ひとけた》。あとひと押しですよお」

□□

イザベラ　8点。
アデク　44点。

いよいよイザベラの残り点は一桁台に突入《とつにゅう》。

もはや普通に上がっても死ぬ場合が多いし、『直撃』などくらえばほぼ即死《そくし》となるだろう。

（……まさに風前の灯《ともしび》と言ったところですねえ）

アデクは山札から七枚のカードを引きながらそんなことを思う。

（……しかし、油断をするわけにもいきません。『直撃』をくらえば即死と言うのはワタシにも十分にあり得ること）

イザベラが山札からカードを引いてゲームスタート。

（このワタシにとってゲームとは、戦うものではなく『勝つ』もの）

だからこそトドメは確実に刺《さ》す。

強運を持ってはいるが、あくまでもそれは運。

絶対的なものではない。

だからこそ……。

（ふふ、仕込《しこ》みは完了《かんりょう》ですねえ）

ニヤリと笑うアデク。

ゲームはしばらく緩《ゆる》やかなペースで進んだ。

イザベラもアデクもそれほど運が向いているわけではなく、互《たが》いに一組もカードを場に出せていない状態。

先に均衡《きんこう》を破ったのはイザベラだった。

引いたカードと手札の別のカードを場に出ている組に二枚つける。さらに、手札からすでに揃っていたらしい三枚組を出す。

残り手札は二枚。

「教えてあげるわ。張ってるわよ。気をつけなさい」

そんなことを言ってくるイザベラ。

「……なるほど、それは気をつけなくてはなりませんねえ」

アデクはそう返す。

イザベラの言っていることを素直に信じるバカではないが、この状況《じょうきょう》では『直撃』の可能性を最も警戒《けいかい》しなくてはならない。

何せ、アデクの残り点でも『直撃』は即死に繋がる可能性があるからだ。

少なくとも手札が七枚揃っている現状では確実に死ぬ。

だから本来は多少手が遅《おそ》くなっても安全そうなカードを捨てつつ、回して打っていかなければならない。

だが……。

(問題ないですね。イザベラの手札はまだ張っていない)

アデクは「確信を持って」そう考えた。

さらに、アデクは山札のカードを見る。

ちなみに今手札に欲しいカードは♡4だった。
(なるほど、このままでは引くのは次順のイザベラですが……となれば)
アデクは使《つか》い魔《ま》に指示を送る。
「……『ヒロウ』」
すると、使い魔はアリシアの捨てたカードを拾った。
これにより本来イザベラが引くはずだったカードはアデクへ。
しかし、本来そんなことをしても無意味である。
伏せてあるカードの中身は分からないのだから。
だが。
「……ふふ、ようやく一組揃ったので、安全を考えて出しておきますかねえ」
そう言って手札から先ほど引いた♡4を含む三枚の組を出した。
「……」
イザベラは特にリアクションをとることなく、ゲームを続ける。
それにしても、なぜアデクは♡4が来ることを分かっていたのか?
その前にもイザベラの手札がまだ張っていないことを、なぜ確信できていたのか?
結論から言ってしまえば「イカサマ」である。

このゲーム空間の中では魔力《まりょく》を使ったイカサマは不可能で、意思伝達魔法《まほう》以外の魔法を感知するとすぐさま椅子の怪物《かいぶつ》が体を全て喰らい尽《つ》くすようになっている。

（……ですが、逆に言えば『魔力に頼《たよ》らない真っ当なイカサマ』は、バレなければいいわけですねえ）

そして、アデクが行ったイカサマとはいわゆる『ガン付け』である。

カードの裏面《うらめん》に何らかの印をつけておくことで、伏せた状態でもそのカードの種類を判断する『ガン付け』。確かに決まれば強力なイカサマである。

だが馬鹿正直に裏面に印でもつけようものなら、イザベラ相手なら軽々と見破られてしまうだろう。そもそも、それでは重なっている山札のカードが最初しか分からない。

そこでアデクが印をつけたのは、カードの側面であった。

そこに引っ掻《か》き傷《きず》をつけたのである。それも小さな小さな、それこそ神魔《しんま》の高い視覚能力があってこそギリギリ分かるようなものである。

そして、カードごとに傷をつける位置を微妙《びみょう》に変えた。

こうすれば山札で重なっているカードでも見えるし、相手の手札にも山札から引いたどのカードが入ったかが分かるわけである。

もちろん全てのカードに傷をつけられているわけではなく、このゲームまでに『ガン付け』したカードは十一枚。

だが、それだけ分かっていれば十分。

アデクの強運や高いプレイングスキルと合わされば確実な勝利をもたらすと言っていいだろう。

（イザベラの手札にある♠J。捨て札に♠Q、ワタシの手札に♠10、そして使い魔の手札には残るJが三枚ある）

つまり、あの♠Jは完全に孤立《こりつ》しているのだ。持っている限り『直撃』で上がることはできない。

（……一方ワタシは）

アデクは山札を見る。

側面にある小さな傷。それを神魔としての高い視覚能力で正確に位置と何枚目かを把握《はあく》する。

（ふふ、次順ですね。次の引きで上がりです）

懸念《けねん》はイザベラが何かしらの違和感《いわかん》に気づいて、アリシアに拾わせて順目を変えることである。

この女なら、それくらいのことをやってもおかしくない。

（さあ、どう出る……？）

しかし……。

使い魔がカードを引いて、捨てる。

……誰《だれ》も拾わなかった。

アデクの勝利のカードは、山札の一番上に。

（勝った）

なんとも感慨深《かんがいぶか》い。普段《ふだん》殺している雑魚《ざこ》共とはレベルの違《ちが》う相手を倒《たお》せたことに、深い喜びと愉悦《ゆえつ》を感じるアデク。

「……では、ワタシの番ですね」

そして引く。

勝利のカード。

「……すいません。上がりですね」

そう言って今引いた、引くことの分かっていた♣3と手札の二枚の3を場に出す。

従者のアリシアが目を見開いた。

「いいゲームでした。素晴《すば》らしいゲームです。では、さようなら」

そう言って手札に残った残り一枚の♠10を捨てた。

その時。

「『直撃』よ」

イザベラがそう言った。

「……なんですって？」

バカな。

何をありえないことを。

手札には孤立している♠Jがあるのだ。上がれるわけがない。

だがイザベラの開いた二枚の手札は、♠J、Q。しっかりと♠10、Kの待ちが成立していた。

「!?」

やはりありえないことだった。

♠Qは捨て札の中にあったのだ。

見ればやはり、捨て札から♠Qがなくなっているではないか。

「……拾いましたね。ワタシがカードを引いている隙《すき》に」

「さあ、なんのことかしらねえ。アナタが随分《ずいぶん》と目を凝《こ》らして山札を見ていたのは分かってたから、仮に誰かが何かしても気づかないとは思うけど？」

小さく妖艶《ようえん》な笑《え》みを浮《う》かべるイザベラ。

「それにしても、随分無警戒《ずいぶんむけいかい》に出すのね。何か根拠《こんきょ》でもあったのかしら？」

そう言って、チラリと♠Jのカードを横にして側面を見せつけてきた。

(気づいていたのか!!)

これでは、イザベラの誰が見ても明らかなイカサマに異議を言うことはできない。

それならばイザベラも今すぐこの場で、カードの側面の傷に言及《げんきゅう》するだろう。

(……だが、なぜ分かった？)

そう。この狙い撃《う》ちはある程度自分と相手の手札に何があるか正確に分からなくてはならない。アデクのつけた傷を利用されたか？　と思ったがあの傷は人間の視覚能力で見られるものではない。

そこでアデクはあることに気づく。

自分が印をつけたカードの側面とは、反対側のカードの側面。

そこにほんのわずかに、赤い汚《よご》れがついているのだ。

このカードは元々、王城の部屋の一つにあったものを持ってきている。

そういう汚れはいくつか元々あったのだが、よく思い出してみればこの汚れは記憶《きおく》にならなかった。

「……ふふ」

そう言って、自分の親指と人差し指を擦《す》り合わせるイザベラ。

（……そうか、ネイルか!!）

イザベラのつけている艶《あで》やかな赤いネイル。

それを爪《つめ》同士を擦り合わせて削《けず》り、少しずつ違う場所に付着させる。

なんの事はない、アデクよりも先にイカサマをかましていたのである。

「ふふ、アナタが真っ向勝負するなんてハナから信じてないわ」

そんなことを言ってくるイザベラ。

「……なるほど、しかし命のストックの準備や『神運《ホーリーランダム》』の時もそうでしたが、アナタは本当に疑《うたぐ》り深《ぶか》いですねえ。このゲームだけでなく、常日頃《つねひごろ》からそうなんでしょう。そんな風に何もかも疑って生きて苦しそうだ」

「いいのよ。現実を見ないワタシは二十五年前に死んでいるのだから」

政略の女王、権謀術数《けんぼうじゅつすう》の蔓延《はびこ》る世界の絶対王者は当然だというようにそう断言した。

「では、今出した♠10の三倍。喰らいなさい」

「くっ!!」

アデクの体に椅子の怪物が襲《おそ》いかかる。

「グア!!」

大幅《おおはば》にアデクの体が喰らわれる。

「……はあ、はあ、はあ」

「さあ、これでアナタもあと一歩で死へ真っ逆さまよ。自分が味わう気分はどうかしら?」

「……はあ……はあ……はあ」

アデクは呼吸を整えながら自分の体を見る。

カードを持つ腕《うで》は手先以外はほぼ消滅《しょうめつ》している状態だ。

鏡で見ればすでに体の80%以上の部分が失われていることだろう。

「……初めてです、初めてですよ……これほど追い込まれたのは」

そう、圧倒的な実力と徹底的な準備、そして強運を持つアデクはゲームらしいゲームになることはあっても、追い込まれるということがなかった。

他人を死の淵《ふち》に立たせてきた化け物が、今度は自分が死の淵に立っている。

あとたった14点。直撃などくらえばかなりの確率で死ぬし、それどころか普通に上がられてもかなりの確率で死ぬ。

そんな状況で……アデクは。

「ふふ、ふふふふふ……」

笑った。

恐怖に震《ふる》えるのでもなく、癇癪《かんしゃく》を起こすのでもなく、これまでよりも一層邪悪に笑った。

「いいですねえ。これが極限の勝負ですか。堪《たま》りませんねえ」

アデクはそう言った。

「さて、まずはゲーム開始前にカードを元に戻《もど》すとしましょう。この素晴らしい戦いの最後にケチをつけたくない……構いませんね？」

「ええ、どうぞ」

頷《うなず》くイザベラ。

と言ってもそもそも拒否《きょひ》もできない提案である。イザベラ自身もカードにマーク付けをしているのだから。

「ワタシとアナタで、同時にカードにリペア魔法をカードにかけます。これでどさくさに紛《まぎ》れての細工はできない」

イザベラは再び頷く。

そしてアデクとイザベラが共にカードに魔力を送って、修復魔法をかける。

それによって、ネイルの粉や傷どころか元々ついていた汚れなども取れて新品同様のカードになった。

「……では、始めましょう。お互いに死の淵に立っての最終決戦を」

□□

イザベラ　8点。

アデク　14点。

最後のゲームが始まった。

当然、ここまで来れば互いに徹底して防御を考える。

相手の調子が良さそうと見れば、積極的に味方から『直撃』を取ってゲームを流すし、相手が欲《ほ》しがりそうなカードは一切出さない。

一歩間違《まちが》えれば即死につながる。

そんな状態で二度、ゲームが流れる。

「ふふふ、いいですね。いいですよ、この緊張感《きんちょうかん》。一万年味わえなかった。堪りません」

アデクはそう言って笑う。

「さあ、最後はワタシとアナタ。どちらが単純に遊戯者として上か。決着をつけようじゃないですか」

邪悪《じゃあく》で強い眼光をイザベラに向ける。

「……」

イザベラも鋭くそれを睨《にら》み返す。

そこに恐怖の色は……やはり見えない。

ただ冷静に、目の前のゲームに集中していた。

（……ふふ、さすがはこの一万年で最高の敵）

確実にそう言い切れた。むしろ足元に及《およ》ぶ者すらいなかった。

そして。


（……だからこそ『確実に殺す準備』をしておいてよかった）


そう心の中でほくそ笑えむと。

一瞬《いっしゅん》、だがチラリと。

アリシアを……イザベラでも使い魔でもなくアリシアの方を見たのである。

□□

（……本当にあの状態から、ほぼ互角《ごかく》まで持ち込《こ》んでしまった）

アリシアはイザベラの方を見る。

（凄《すご》い……この人は……本当に凄い）

ずっとそうだった。

■■

『アナタ……ハッシュヴァルト家のアリシアよね？　アタシとお友達になりましょう』

そう言われて手を差し伸《の》べられたのが出会い。

自分よりもよほど辛《つら》い状況に置かれているのに、イザベラは明るく優《やさ》しく美しかった。

今と違い、脇《わき》が甘《あま》くおっちょこちょいなところもあったが、それでも人を惹《ひ》きつける輝《かがや》きがあった。

自分のような内気すぎて身分が高いのにいじめの的になっていた人間には決して持つことのできない輝き。

だから親友として、この少し危なっかしい人を支えてあげないと。

そんな風に思った。

実はイザベラと恋仲《こいなか》になった第一王子の結婚《けっこん》相手の候補には、アリシアの名前も有力候補としてあった。

当然、アリシアも第一王子に好意を持っていた。

もし自分が選ばれるようなことがあれば、天にも昇《のぼ》る気持ちだろうと思っていた。

でも王子はイザベラを選んだ。

当然のことだと思う。仕方ないことだと思う。

だからアリシアはやはり、魔王《まおう》軍との戦いの中でも親友をサポートし共に戦った。

そして、裏切りを経験し、政略の怪物として目覚めてからは、脇の甘さも完全に消え凄《すさ》まじい頭脳と謀略《ぼうりゃく》で国の全てを飲《の》み込んでしまう。

アリシアは豹変《ひょうへん》した親友についていくのがやっとだった。

やっぱり、凄いと思った。

どうしようもなく凄くて……自分のような人間は、何をやっても何一つこの親友である主である人には勝てないのだと……。

そんな時だった。


「初めまして、アデクと申します」


夜、側近の仕事を終えて自室に戻った時。

その魔人《まじん》がいたのである。

「どうして……魔人は、魔王の作るゲートが消えて、こちらにいることができなくなったはずじゃ……」

「その通りですレディ。魔王のゲートはただ世界を繋《つな》げるだけでなく、移動した世界で存在を維持《いじ》する力も発生しています」

だから当然、ゲートがなくなってしまえば、力は消えこちらの世界での存在も維持できなくなる。

「ですが、ワタシは『反則能力』によってこちらの世界で何人もの人間を、自分の身代わりにしているのです。もちろん『神魔』であるワタシの存在を維持する力を吸い取っているわけですから、どんどん消滅して消費してしまいますが……まあ、あと持って一ヶ月でしょうかねえ」

他人の命を消耗品《しょうもうひん》くらいにしか思っていないような邪悪な考えである。

「……それで、私をそのストックとして補修しようという考えですか？」

アリシアは緊急《きんきゅう》用の警報装置に手をかける。この魔法石に魔力を込めれば、城中に響《ひび》く大きな音が鳴る。

目の前の魔人は『神魔』、自分が一人で戦って勝てる相手ではない。

だが。

「いえ、今日はアナタと契約《けいやく》を交《か》わしに来ました」

そう言って柔《やわ》らかな笑顔《えがお》を浮かべるアデク。

「契約？」

「ええ……アナタの主人であるイザベラ・スチュアートの上に立ちたくありませんか？」

「!?」

「彼女《かのじょ》はワタシの獲物《えもの》としてここ数年で素晴らしいものに仕上がっています……最も熟した時に是非《ぜひ》いただきたい」

そしてアデクは提案してきた。

おそらく二十年以上後に、再び魔王軍が『人界』を攻《せ》める。

アデクもそこに参加し、第四王国……イザベラをターゲットにしゲームを仕掛《しか》ける。

そして……そのゲーム終盤《しゅうばん》、イザベラを裏切ってトドメを刺せ。

「報酬《ほうしゅう》は魔王軍が侵略《しんりゃく》した第四王国の全統治権です。ワタシは権力欲はありませんからねえ。つまりアナタが女王になるのです」

「私が……女王、イザベラ様を押《お》しのけて……」

「ワタシの能力は双方《そうほう》の合意さえあれば、ゲーム無しでも絶対の契約を交わすことができます」

そしてまさに悪魔《あくま》の笑顔といった表情を、その端整《たんせい》な顔に浮かべ。

「さあ、契約を交わしましょう」

『遊戯神』アデクはそう言ったのだ。

■■

（……そしてあの日、私はこの男と契約を結んだ）

アリシアは山札からカードを一枚引いて、捨てながらこちらの方をチラリと見たアデクの視線を感じる。

（……お伝えします、アデク。今の私の手札は……）

そして思念伝達をアデクに飛ばす。

ゲームが進む。

イザベラもアデクも互いに今回は好調。

早々と手札に一組目を揃えて場に出す。

さらに四巡目にはイザベラが一枚を場のカードにつけて残り手札三枚。イザベラも同じく一枚つけて残り三枚。

お互いに誰かからカードを拾って、三枚組を作り、残り一枚の手札を捨てればまず勝利が決定する。

イザベラからの思念伝達が来る。

（♠3で上がりよ）

（……すいません。まだ私の手札にありません）

（了解《りょうかい》したわ）

そんなやりとりをしつつ、アリシアは自分の手札を見る。

その中には♠3が確かに存在していた。

だがアリシアは出さなかった。

そして自分の前の番であるアデクが、カードを引き手札から一枚入《い》れ替《か》えて捨てる。

(Jが二枚揃《ぞろ》いました。さあ……レディ、いや、クイーン。契約の時です)

アデクからの思念伝達が届く。

この場面で真っ先に捨てるべきである、即死に繋がる高得点札の♡Jをアデクは持ち続けた。

理由は単純、アリシアの手札に♡9とK、そして♠Jがあるのを聞いていたからである。

♡10、Q、そして残る二枚のJのどちらかがくればすぐにアリシアに出させて、拾って上がれるからである。

「……」

自分の手札を眺《なが》めて固まるアリシア。

「……どうしたの？」

イザベラが不審《ふしん》に思ってそう尋《たず》ねてくる。

「ふふ……」

小さく笑うアデク。

アデクと交わした契約は「ゲームでイザベラを裏切って殺した場合、支配後の統治権をアリシアに委ねる」というもの。つまり、この場でイザベラを裏切らないという選択肢《せんたくし》もあるのだ。

イザベラのいう通り♠3を出してイザベラを上がらせればいい。

アリシアは改めてイザベラの方を見た。

自分の主人にして親友。その容姿は明らかに老いの出てきた自分とは違い、今でも変わらず美しい。聡明《そうめい》で、戦っても強く、意志が強靭《きょうじん》で、絶対的な権力と莫大《ばくだい》な財産を持っている。

何一つ自分は勝てるところがない。

だから、ずっとこの人を支えることが自分の役割だと割り切ってきた。

でも……本当は。

本当はこの人を疎《うと》ましいと思っていた。この人に負け続けるのは嫌《いや》だと、思っていたのだ。

だから……。

だからこそ……。

「……イザベラ様」

「なにかしら？」

たった一度だけでも……この人の上に立ちたい。

「知っていましたか？　第一王子の婚約者《こんやくしゃ》、私、最有力候補だったんですよ……」

「……」

そう言って手札から出したのは。

「ごめんね、イザベラ」

そう言って、学生時代の呼び名で謝罪の言葉を言いながら。

アリシアが捨てたのは……♠J、アデクの必要なカードだった。

アリシアは悪魔に魂《たましい》を売ったのだ。

ずっと抱《かか》えていたこの劣等感《れっとうかん》を消し去るために。

□□

アデクの顔が今日一番にぐにゃりと邪悪に歪《ゆが》んだ。

「ははははははははははははははははははははははははははははは

ははははははは!!　『拾い』ます!!　そのカード『拾い』です!!」

暗闇《くらやみ》の空間に響き渡《わた》る愉悦に満ちた高笑い。

「いやあ、アリシアさん。よく決断しましたねえ。そしておめでとうございます!!　今日からアナタが女王だ!!」

「……ええ」

アリシアは後ろめたさと、暗い喜びの二つが混じった複雑な心境だった。

だが。

何はともあれ、これでゲームセット。

人類の初の敗北。

『悪役令嬢《れいじょう》』は『遊戯神』に破れた。

特筆すべきは『遊戯神』のその圧倒的な悪辣《あくらつ》さだろう。

イザベラにターゲットを定め、側近であるアリシアの劣等感を煽《あお》り、二十年以上前から仕込みをしておいたのだ。

しかも、それらが全て「相手の苦しむ様を見るため」だけのモチベーションでやっている。

まさに悪魔の所業。

他人の苦痛を喰《く》らって生きる最悪の性格である。

「ふふふふ……さあ、さあ、クイーン。アナタの全てが闇《やみ》に葬《ほうむ》られる時ですよ」

そう言ってアデクがアリシアの捨てたカードに手を伸ばした。

その時。


「何を勘違《かんちが》いしているのかしら」


イザベラがそう言った。

なんだ？

と、アデクとアリシアはイザベラの方を見る。

そして。

「『拾い』よ、そのカード。番が近い方が優先よね？」

そう言って手札から二枚のカードを開く。

そこにあったのは……なんと♠9と10。

「ばっ、バカな!!」

ガタン!!　とアデクは椅子《いす》から立ち上がってイザベラのカードを見る。

「嘘《うそ》……だって、待ってるカードは♠3だって……」

アリシアも信じられないという顔をする。

イザベラは困惑《こんわく》する二人を置いて、アリシアの捨てたカードを拾う。

そして拾った♠Jと9、10の三枚組を場に出す。

これで残り手札一枚。

「……イザベラ様、なぜわかったのですか？　私が……裏切ることを……」

アリシアは信じられないと言った様子でイザベラに問うた。

「さっきも言ったじゃない。『アタシは誰も信じてない』わ」

「!?」

「信じるというのは『思考を停止して安心すること』よ。心穏《おだ》やかに生きるにはもちろん必要でしょう。夫婦《ふうふ》、親友、親子、腹臣、そんなものいちいち全部疑っていたら正気で暮らせない」

「そうですか……私は、アナタにとってそうあれなかったのですね……」

裏切った側が言うのはどうかと思うが、アリシアとしては親友で腹心《ふくしん》のつもりだったのだが……。

「いえ」

イザベラは首を横に振《ふ》った。

「単にアタシが『正気で生きる』つもりがないだけよ。アタシはあの日に誓《ちか》った『これから一生、アタシは誰も信じない』」

それは恐《おそ》ろしい決意だった。

安心など要《い》らないと、安らぎなどどうでもいいと、死ぬまで疑《ぎ》心暗鬼《しんあんき》の化かし合いの世界で生きるのだという決意。

常人には耐《た》え難《がた》い地獄《じごく》のような世界観。

「まあ、必要以上に疑う気もないわ。私は過不足なく、ただ目の前の相手の本当の姿を徹《てっ》底的《ていてき》に見るだけ。だから『アリシアが裏切るなら最後の最後、決定的な瞬間《しゅんかん》までは忠臣として動く』と読んだ。正解したようでよかったわ」

「……」

そして、イザベラは最後のカードを捨てた。

上がりである。

「さっき、Jを拾おうとしてたってことは手札に二枚Jがあるってことよね？　ならこれで最低でもマイナス20点……アナタの負けよ」

イザベラはアデクにそう宣言した。

「……」

それを言われたアデクは。

「……バカな‼」

ドン‼

と、テーブルを叩《たた》いた。

「バカな‼　バカな‼　バカな‼　バカな‼　ありえない、ありえません‼」

先ほどまでの、この場に現れてからの愉悦と余裕《よゆう》に満ちた表情から一変。

醜《みにく》く顔を歪ませ頭を掻《か》きむしる。

「おかしい‼　こんなことはありえない‼　ワタシの絶対的な有利だったはずだ‼　負けるはずのない条件だったはずだ‼　なのになんでこんなことになっている⁉　こんなのはおかしい、間違いだ‼」

「その通りよ。『神魔』」

そんなアデクにイザベラは言う。

「そもそも、この戦い。初めからアナタに普通《ふつう》に戦われたら勝ち目がなかったわ。強運のスキルを持っている以上単純なゲームの強さでは確実にアナタが上。さらに膨大《ぼうだい》な点数の差……だから、単純なゲームの強さではない勝負に持ち込む必要があった」

そう。

目の前に実力で絶対に勝てない相手がいるとする。その相手に勝つにはどうしたらいいか？

単純なことである。

実力を出させないように誘導《ゆうどう》するのだ。

「つまり、アナタに『最後は駆《か》け引《ひ》きで上回って勝ちたい』と思わせるのが今回のアタシの勝利条件だったのよ。だから最初に強烈《きょうれつ》な直撃《ちょくげき》を取る必要があった。それによって、アナタはその後準備していた『念《ねん》の為《ため》の策』をいくつも講じることになる。単純に運と効率で戦えばかなりの高確率で勝ったはずなのに、100%の勝利に拘《こだわ》ってしまう。私はそこを読んで逆に利用する。そうすることで……確率を超《こ》えられる。神に愛された強運を打ち破ることができる。最終手段でアリシアに裏切らせることあたりは、アナタとアリシアの性格を考えればすぐに分かったわ」

そして、イザベラは立ち上がるとアデクの方に背を向けた。

「酸《す》いも甘いも裏切りも……全て飲み込んで、アタシは今ここにいる。要はゲームでの強さはアナタの方が上でも、アタシのほうがアンタよりも人の愚《おろ》かさを知っていたってことね」

「イザベラあああああああああああああああああああああああああああああああ!!」

アデクの怒号《どごう》が響くと同時に、椅子の怪物《かいぶつ》が動いた。

「ひいっ!!」

逃《に》げようとするアデクの体を捕《つか》まえ、残った体を喰らっていく。

「い、嫌だ……助け……」

これまで一万年、様々な者に味わわせてきた消滅の恐怖《きょうふ》を、今度は自分で味わうアデク。

イザベラは振り返らずにテーブルから歩いて去っていく。

「アタシは、苦しんで絶命する人間の苦しむ顔を見て楽しむ趣味《しゅみ》はないわ。さようなら『神魔』」

「ぎぎゃあああああああああああああああああ!!」

最後に頭を怪物に喰らわれて、アデクは完全に消滅した。

アデクが消滅したことで、ゲーム用の世界に取り込まれていた兵士たちと共に、元の豪《ごう》奢《しゃ》な装飾《そうしょく》が施《ほどこ》された王の間に戻ってくる。

「汗《あせ》をかいたわ。タオルを出しなさい」

イザベラは兵士の一人にそう言うと、兵士が急いで部屋の棚《たな》に入っている上品で美しい柄《がら》のタオルを持ってくる。

イザベラはそのタオルで額を軽く拭《ふ》きながら。

「まあそれにしても、本当にギリギリの読みを通すしかなかった……一応アナタはワタシが戦ってきた敵の中で一番厄介《やっかい》だったわよ」

そう言って振り返り、すでにいなくなった対戦相手に向かってそう言った。

「……イザベラ様」

そして振り返ったところでは、アリシアが兵士たちに取り押さえられていた。

□□

アリシアは、兵士たちに手足を押さえつけられ、カーペットの感触《かんしょく》を味わいながら思う。

(……まあ、そうなりますよね)

当然の話である。

自分はたった今、目の前でイザベラと第四王国、そして人類を裏切るような真似《まね》をした逆賊《ぎゃくぞく》なのだ。

イザベラがこちらに歩み寄り、兵士の一人が腰《こし》に下げている剣《けん》を抜《ぬ》く。

裁判無し、この場で即刻《そっこく》打ち首というところか。

ガシッ、とアリシアの長い髪《かみ》を掴《つか》み上に引っ張るイザベラ。

見上げるイザベラの顔は、やはり年を経てもいつまでも美しい。

(ああ……この人に、勝ってみたかったな……)

そんなことを思う。

そして。

ヒュン、と無慈悲《むじひ》に剣は振るわれた。

そしてアリシアの首が床《ゆか》に落ちる。

ただし、胴体《どうたい》と繋がったまま。

「……え?」

「罰《ばつ》よ。アナタの自慢《じまん》の長い髪、今後肩《かた》より伸ばすことを禁止するわ」

イザベラがそう言った。

そして剣を兵士に返す。

「……なぜですか? 私はアナタを裏切ったのに」

「確かにアナタは一度アタシを裏切って殺そうとした……でも、それ以外は裏切らなかった」

イザベラはアリシアの方を振り返る。

「他の奴《やつ》らよりは幾分《いくぶん》マシだわ。これからも私のために働きなさい。安心しなさい、また裏切ったとしても、それも含《ふく》めてちゃんとアタシの利益になるように使ってあげるから」

「……」

アリシアはそう言ったイザベラの女王然とした姿を見て思った。

(……ああ、このお方には敵《かな》わないな)

初めて会った時から感じていたことではあった。

自分とは人間としての「格」が違《ちが》う。

だがアリシア自身、社交での立《た》ち振《ふ》る舞《ま》いは苦手でいじめを受けたりしたことはあったが、容姿も家柄《いえがら》も能力も、かなり高かった。

だからこそイザベラに全て上を行かれているのが苦しかった。

しかし、ようやく。

今この時になって、本当に自分とイザベラとの器の違いを理解できた気がする。

「……はい、アナタのために働かせていただきます。我《わ》が主人」

イザベラは深々と頭を下げ、改めて自分の主人に心から忠誠を誓ったのだった。

第二話　追放されし暗黒僧侶《そうりょ》ＶＳ孤高《ここう》の剣聖獣《けんせいじゅう》

第三王国『霧の商業国《ブルーインターセクト》』は本来なら、商業を中心に発展するには難しい地理上の位置にある。

他の国々とは陸で繋がっていない島国なのである。しかも海上輸送では必ず通らなくてはいけない場所でもない。

で、あるにもかかわらず多くの物資が第三王国経由の海上輸送を通して行われるのには理由があった。

それは第三王国周辺は陸も海も含め、魔力《まりょく》が極端《きょくたん》に薄《うす》いところが多いのである。

モンスターは一定以上の魔力濃度《のうど》があるところにしか生息しない。

その分、濃《こ》い場所は凄まじく濃く強力なモンスターが出現するのだが、要はその区分がハッキリしているのだ。その場所さえ避《さ》ければ全くと言っていいほどモンスターに襲撃《しゅうげき》される心配がない。

あらゆる物流において最大の障害はモンスターによる襲撃である。

それが起こらないというだけで、大切な商品を持って動く商人たちにとってはこの上なくありがたいことであった。

さて、そんな第三王国だが此度《こたび》の戦でもその恩恵《おんけい》は十分に受けていた。

王宮を含めかなり広い範囲《はんい》が、ゲートの出現が不可能なほど魔力が薄いのである。魔力濃度が濃い地域も限定されるため、出現場所を想定するのも容易であった。

そしてなにより、第三王国の英雄《えいゆう》はあのデレク・ヘンダーソンである。

当然ながら最高にいやらしい出迎《でむか》えの準備をしたのは言うまでもない。

第三王国、霧の商業国に攻め入って来たのは獣人型《じゅうじん》の魔人族たち。「魔法《まほう》を使用せず獣としての屈強《くつきょう》な肉体で戦う」ことを誇《ほこ》りとする武闘派《ぶとうは》で単純な戦闘《せんとう》能力で言えば非常に高い彼《かれ》らに対して、迎撃《げいげき》の指揮を執《と》るデレクがとった戦略は徹底《てってい》した「ハメ技」だった。

□□

「オオオオオオオオオオオオオオオオオオオオオオオオオオ!!」

第三王国の王城から40kmのところにある魔力の濃い森。

そこに出現したゲートから攻め入ってきた彼らは雄《お》たけびを上げて進む。シルバーバック、キラーキャット、イビルドーベル、クリムゾンベア。それらのモンスターの特徴《とくちょう》の交ざった半獣人モンスターが獣のごとき速さで野を駆けていく。

傾斜《けいしゃ》のある山道を難なく走破し、途中《とちゅう》で出現するモンスターたちも難なく蹴散《けち》らして、王城へ向けて進行してくる。

(貧弱《ひんじゃく》だな、人間どもよ)

先陣《せんじん》を切り集団を牽引《けんいん》するシルバーバックベースの魔人はそんなことを思った。

ゲートから出てすぐに第三王国の部隊と接敵したが、結果は圧勝。

武装した第三王国の兵士たちを、獣人たちはその強靭な肉体と身体能力で軽々と蹴散らしていく。

「……くそ!! 引け、引けえ!!」

魔法と矢を放ちながら後退していくことしかできない第三王国の兵たち。

獣人たちは当然ながらますます勢いづいて進行していく。

「ふん!! どうした人間ども!! そんな逃《に》げ腰《ごし》の攻撃《こうげき》当たらんぞ!!」

獣人たちは軽々と逃げながらの攻撃を回避《かいひ》して追いかけていく。

第三王国の兵士が、一人また一人と獣人たちの爪《つめ》や牙《きば》の餌食《えじき》になっていった。

だが、そんな追いかけっこをしばらく続けたところで事態は起きる。

第三王国の兵士たちが谷に挟《はさ》まれた一本道を渡って逃げ、獣人型の魔族《まぞく》たちがそれを追いかけ足を踏《ふ》み入れた時だった。

ドン!!

と、一本道を支えていた岩盤《がんばん》が爆発《ばくはつ》し足元が崩《くず》れたのである。

「む!?」

しかし、そこは屈強な肉体を持つ魔族の中でもさらに屈指《くっし》の肉体派揃いの獣人たちであった。

空中で崩れた岩盤に次々と飛び移り、多くの者は大したダメージを負わずにすんだのである。

「……人間め、姑息《こそく》な真似をする」

シルバーバックの魔族がそう呟《つぶや》いた時。

「ククク、脳筋はやっぱり単純で楽だねえ」

上を見ると、事前に敵の頭目であると聞いていた人相の悪い細身の男が、崖《がけ》の上からこちらを見下ろしていた。

「じゃあ、何もできずに死んでもらうか」

デレクが右手をスッと上げる。

「これは……」

シルバーバックの魔人が目を見開く。

崖の上にいたのはデレクだけではない。

かなりの人数の第三王国の兵士たちが、大量の武器と固定砲台《ほうだい》を構えていたのである。

完全にこの状況《じょうきょう》を読み切っての備えであった。

「なぶり殺せ」

デレクがそう言うと、固定砲台が一斉《いっせい》に火を噴《ふ》いた。

もちろん、人類防衛連合製の対魔人族砲塔《ほうとう》である。

単純なことだが、上から下に向けて打つというのは、重力に邪魔《じゃま》されず砲弾《ほうだん》の速度が向上しやすい。

しかもどういう仕組みなのか、打ち込んでくる砲弾は地面に激突《げきとつ》すると勢いよく弾《はじ》け、周囲に鉄の破片《はへん》をまき散らすという悪辣《あくらつ》な仕掛けが施されていた。

「ぐあああああああああああああああ!!」

「ぎあああああああああ!!」

四方が崖に囲まれているこの状況でそんなモノを大量に打ち込まれては、いくら身体能力に優《すぐ》れた獣人たちでも完全に躱《かわ》しきるのは無理というものである。

「くそ!! 調子に乗るなよ!! 人間どもが!!」

もちろん、獣人たちとてただやられるばかりではない。

破裂《はれつ》する砲弾を掻《か》い潜《くぐ》り、崖を登ってこようとする者も何人もいたが。

「おー、がんばるねえ……やれ」

デレクがニヤニヤ笑いながらそう言うと、恐らく正規兵ではない徴兵《ちょうへい》された民衆たちが巨大《きょだい》な岩を落としてくるのである。

「ぐあああああああ!!」

崖をよじ登っている最中にそんなことをやられてはひとたまりもない。

落石を食《く》らった獣人たちは、再び砲撃《ほうげき》の雨の降る崖の下に落ちていくのだった。

「はははははは!! 残念、ふりだしだねえ!! ほら頑張《がんば》れ頑張《がんば》れ!!」

砲撃の音にも負けないくらいのデレクの笑い声が響く。

(……ぐっ、だが)

「お前ら怯《ひる》むな!! あんなデカい落石はそうそう数が集まるもんじゃない。限りがあるはずだ!!」

シルバーバックの魔人がそう呼びかけた。

幸いなことに、ここまでやられても屈強な獣人たちはまだ八割近くが残っていたのである。

だからこのまま崖からの脱出《だっしゅつ》を試み続ければ、いずれ成功するだろう。

そして誰《だれ》かが崖の上に立った時、圧倒的《あっとうてき》に個の力で上回る自分たちが今度は地獄を見せる番だ。

しかし……。

ガクン!!

と、急に膝《ひざ》に力が入らなくなった。

「なっ!? こ、これは……マヒ毒!?」

「ククク……砲弾の破片にたっぷりと付くように改良するのは、大変だったよ。毒は専門だが砲塔は専門外だからねえ!!」

□□

「さて、こいつらに関してはあとは時間の問題だね」

デレクは隣《となり》に立つ妻のエリーゼに持ってこさせた携帯食《けいたいしょく》のスコーンを頬張《ほおば》りながら言う。

眼下では獣人たちが、次々に破裂する砲弾と遠距離攻撃魔法《えんきょりこうげきまほう》の餌食になっていた。

「貴様らああああああああああ!!　卑怯者《ひきようもの》が!!　降りて正々堂々戦え!!」

獣人たちのそんな声が聞こえてくる。

デレクとしては、気にするまでもない雑音だが。


——なんだ……この戦いは……誉《ほま》れの欠片《かけら》もない……。


そんなことを呟いたのは、敵ではなく第三王国の兵士だった。

「勝てばいいんだよ勝てば。卑怯《ひきよう》であれば卑怯であるほど戦いは勝てるんだ」

「し、しかし……これはあまりに……」

デレクのその言葉に、納得《なっとく》できていないような兵士たち。

(……ちっ、いい子ちゃん共が)

デレクは内心でそう毒づいた。

第三王国の軍は、元々第一王国『白き皇国《ホワイトハイド》』や第二王国『砂漠の正教国《アッシュサンクチュアリ》』の流れを組んでいる背景があり、戦いにおいては騎士道《きしどう》精神を重んじる気風が強い。

そのため今回の作戦もデレクが指示した時には大いに反発された。

まあ、そんな奴らは目の前で家族や友人を洗脳してみせて黙《だま》らせたわけだが。
(今はそんなことはいい……問題は……)
恐らくこのままでは終わらないだろうということだ。
まだ『真暗黒七星《しんあんこくしちしょう》』とやらが出てきていない。
丁度そんなことを思っていると。
「お、何匹《なんびき》かまた登って来たね」
砲撃を掻い潜りながら数人の獣人たちが崖をよじ登ってきていた。
「じゃあ、また落ちてもらおうか」
デレクがそう言って指示を出すと、民間兵たちが大岩を彼らに向かって転がす。
「く……またか!!」
崖を登っていた獣人の一人がそう呟く。
いくら身体能力が高くても崖をよじ登りながらでは、躱すことは難しい。
彼らに残された選択肢は二つだけである。
そのまま捕まって大岩の下敷《したじき》になるか。
それとも、手を放して自分から落下して大岩を避けるか。
どちらにせよ、せっかくここまで登って来た苦労が水の泡《あわ》である。

その時。

ズバッ!!　と大岩が何者かによって真っ二つに切り裂《さ》かれた。

「マスター・ユニコーン様!!」

獣人たちが歓喜《かんき》の声を上げる。

現れたのは見目麗《うるわ》しい、一振《ひとふ》りのロングソードを持った少女であった。

全身を包む純白の毛皮と、額から生えた一本の角。神秘的でミステリアスな雰囲気《ふんいき》と均整の取れた女性的で美しいスタイル。

息を呑《の》むほどに美しいその姿はまさにベースとなったモンスターであるユニコーンそのものである。

「出たな……『神魔』」

デレクはそう呟く。

「……わたしがやるわ」

マスターユニコーンがそう言った瞬間、獣人たちは一斉に戦闘を中止した。

「なんだ、お前ら？　もう戦いたくないから後はボスに任せて見物かい？」

デレクの言葉にシルバーバックの獣人は反論する。

「違うぞ卑怯者。貴様の小細工などで我らの心は折れん。我らは戦士の一人としてマスター・ユニコーン様の誉れ高き戦いを邪魔したくないだけだ」

「お前らも俺《おれ》の部下も、誉れだの正々堂々だのうざいな。取りあえず死んでくれよ」

そう言って、先ほど獣人たちに向けていた砲撃や落石をマスター・ユニコーン一人に集中させる。

次々に降り注ぐ砲弾と大岩だが。

マスター・ユニコーンの体が音もなく加速した。

比喩《ひゆ》でもなんでもなく、本当に『無音』で加速したのである。

降り注ぐ砲弾と砲弾が破裂したことによりバラまかれる破片を完全に見切り、流れるような動きで谷の底を駆ける。

豪雨《ごうう》のごとき砲弾と破片が全くもってカスリもしない。

さらに驚《おどろ》くことに、マスター・ユニコーンはまるで平地であるかのように崖を駆け上りはじめた。

「なっ⁉」

驚愕《きょうがく》する第三王国の兵士たち。

大岩など落とす間もなく、あっという間に接近されると。

ロングソードをひと振り。

金属製の砲塔が軽々と真っ二つになった。

切断面が鏡のように驚愕の表情を浮《う》かべる兵士の顔を映しているあたり、凄《すさ》まじい切れ味である。

困惑する砲兵《ほうへい》たちを、あっという間に両断すると。マスター・ユニコーンは同じようにして次々と大砲《たいほう》と兵士たちを切り刻んでいく。

流れるように、一切《いっさい》の力感なく。

「な、なんだ、これは⁉」

兵士たちが悲鳴のような声を上げる。

「一体どんな魔法やスキルを使っているんだ⁉」

先ほどまで自分たちが優位だったというのに、いったい何がどうなっているんだ？

と、あまりにも当然の疑問だった。

しかし……。

（いや、これは……）

デレクは彼女《かのじょ》の戦いを観察して信じがたい結論に至っていた。

「ふっ、魔法？　スキル？　違うぞ姑息《こそく》な人間ども」

シルバーバックの獣人が言う。

「マスター・ユニコーン様は魔法は使わん。純粋《じゅんすい》な剣術《けんじゅつ》のみで戦うのだ」

■■

マスター・ユニコーン……いや、当時は名もないその少女が生まれたのは、不幸なことに魔界《まかい》でも最も危険と呼ばれるダンジョンの最深部だった。

魔人《まじん》族は二種類の方法で生まれる。

生殖《せいしょく》と自然発生である。

後者の自然発生での誕生は場所を選ばない。そのため、生まれた時にたまたま凶暴《きょうぼう》な魔《ま》獣《じゅう》が側にいた時などは、不幸なことにその命はその場で食料となる。

この少女もその運命だった。

むしろ最悪の部類である。

ダンジョン最深部はボスの間。

魔界最強の大蛇《だいじゃ》バジリスクの住処《すみか》だったからである。

魔力量自体は多くないが非常に魔力の質が良かったこのラッキーな餌《えさ》を、当然ながらバジリスクは一呑みにしようとする。

しかし。

生まれたばかりの、まだ言葉すら分からず両足で立つことすらできない赤子の体のその少女は、前にダンジョンに挑《いど》んだものの遺品である折れた剣を拾った。

そしてまだ両足で立つことすらおぼつかいないその赤子は、戦いの末、合計二百三十の斬撃をくらわせバジリスクを倒《たお》してしまったのである。

「……」

そのまま少女はダンジョンの中をさまよい、襲《おそ》い掛《か》かってくるモンスターを全て切り殺した。

少女が成長し両足で歩きダンジョンを出るころには、魔界最高難易度のダンジョンのモンスターは全滅《ぜんめつ》していた。

孤高《ここう》の剣聖獣《けんせいじゅう》、まだ五歳《さい》の時の話である。

■■

「マスター・ユニコーン様の『反則能力』は『無限電角《インフィナイトコア》』」

シルバーバックの獣人は言う。

「額の角から自然界の電気エネルギーを吸収して自らのエネルギーにし、どれだけ動いても魔力も体力も一切減らないという能力だ。確かに強力ではあるが、いささか地味ではあるだろう」

確かに全ての物質を上回る硬度《こうど》を持つ体や、あらゆる能力を取り込《こ》んで吸収することに比べればそうだろう。

「しかし、これに魔界最強の剣技が加わることで『永久に体力が尽《つ》きずに殺戮《さつりく》を続けることが可能な切断マシーン』となる。これこそが我らが筆頭『真暗黒七星』、『孤高の剣聖獣』マスター・ユニコーン様だ!!」

シルバーバックの獣人は心底から誇らしげにそう言った。

自分たちの使えるリーダーの実力を絶対的に信頼《しんらい》し、尊敬しているのだろう。

そしてその信頼を全く違えることなく、マスター・ユニコーンの剣術は無敵であった。

接近戦になれば、普段《ふだん》からかなりの訓練を積んでいる第三王国の兵士たちが取り囲むのだが、何人でかかっても全く問題にせず瞬殺《しゅんさつ》されてしまう。

しかも、恐ろしいことに……。

（アイツ……）

かつての大戦で様々な化け物や強者を見てきたデレクだから分かる。

（『神魔』だけあって魔力の質は高いが、体の強さ自体は本当に人間の十五歳の少女レベルじゃないか）

それなのに、本当に剣術だけであの強さ。

デレクは前にケビンと話したことを思い出す。


『音が出るってのはねえ、要は力のロスなのさ。「無音の動き」は身体操作の究極到達点《とうたつてん》って感じだねえ』

『ケビン、君でもできないのかい？』

『全然だよ。走れば地面を蹴《け》る音が出るし、剣を振るえば風切り音が出る。そういうのを一切させないわけさ。まあ普通の人よりかはそれに近いけどさ。だけど『無音』までの距《きょ》離《り》ははてしなく遠いねえ』

そんなことを外交で第六王国に立ち寄った時に話したのである。

そして、今目の前で戦場を縦横無尽《じゅうおうむじん》に駆け回る『神魔』の少女は、完全なる無音で動き剣を振るう。

まさにケビンのやつの言っていた『理論値』。

あの少女は人類最高技術を持つ男が一兆回以上のループを繰《く》り返しても辿《たど》り着けなかった極地にいるのだ。

(……ダメだな。数で行ってもアイツは倒せない)

即座《そくざ》にそう判断せざるを得なかった。

『真暗黒七星』……厄介極《やっかいきわ》まりない連中だ。

しかたない、正直虫唾《むしず》が走るが……。

「おい、貴様らの誉れとやらに乗ってやる」

デレクはそう言って、妻のエリーゼの魔法で浮遊《ふゆう》しながら自分から谷に降りていく。

フワリと着地すると、マスター・ユニコーンの方を見ていう。

「一対一だ。逃げはしないだろうな?」

デレクの挑発《ちょうはつ》するような言い回しに。

「……別にいいよ、わたしはまったく構わない」

マスター・ユニコーンは表情一つ動かさずにそう答えた。

□□

向かい合うデレクとマスター・ユニコーン。

絵面は戦の華《はな》、大将同士の一騎打《いっきう》ちである。

「おお、デレク様。私はアナタを誤解していたかもしれません」

そう感嘆《かんたん》の声を上げたのは、第三王国軍の兵たちだった。

(バカが、この方が勝てるからに決まってるだろ、使えない道具どもめ)

デレクは内心でそう毒づきつつ、背中から剣を引き抜く。

エマヌエルの剣と呼ばれるロングソードの刀身に沢山《たくさん》の棘《とげ》がついたゲテモノ剣である。

あまり利用する者が少ない武器だが、デレクの邪悪《じゃあく》な雰囲気にはかなりマッチしていた。

向き合う英雄と『神魔』。

マスター・ユニコーンは武器を構えたデレクを見ても、自然体で立ったまま言う。

「いいの？　皆《みな》で来なくて？　アナタは能力的に後方支援《しえん》や盤外戦術向きで、直接戦闘には向いていないように見える。わたしに対抗《たいこう》できるとは思えないけど」

「ふふふ……それはどうかな？」

デレクが地面を蹴った。

すると、その体がまるで近接戦闘型のファイターのように凄まじい勢いで加速する。

驚きに僅《わず》かに眉《まゆ》を動かすマスター・ユニコーン。

「おら!!」

振《ふ》り下ろされた剣をマスター・ユニコーンは受け止めるが、想像以上の打ち込みの重さに弾かれる。

それを崖上から見ていた第三王国の兵長は言う。

「……デレク様は、近接戦闘用の身体強化魔法も得意だったのか⁉」

「いや、隊長アレ」

部下が指さした方には……。

「『フィジカルエンチャント』深海の祝福《パシフィックブレス》」

一緒《いっしょ》に谷に降りて後方に控《ひか》えていた妻のエリーゼが身体強化魔法をデレクにかけていたのである。

「おい卑怯者!!　一対一じゃなかったのか!!」

獣人たちからごもっともな批判の声が上がる。

しかしデレクは全く悪びれる様子がない。

「何を言っている？　エリーゼは僕《ぼく》が洗脳して使ってる道具だぞ。つまり、剣とか盾《たて》とかそういうものと同じだ。そうだろエリーゼ？」

「はい。全てデレク様のおっしゃる通り。私はデレク様の道具です」

エリーゼは美しい顔に洗脳の入ったどこか虚《うつ》ろな目を携《たずさ》えながらそう言った。

「な？　本人もそう言ってるぞ？」

堂々とそんなことを言う自分たちのトップに兵士たちからは「我々の王は人として大事な心をお持ちでないようだ……嘆《なげ》かわしい」などという声が漏《も》れる。

（ちっ、誇りだ騎士道だと小うるさい馬鹿どもめ）

デレクは兵士たちの方をチラリとみて舌打ちする。

「そんな屁理屈《へりくつ》が通じるか!!」

当然敵であるシルバーバックの獣人も怒《いか》りと共にそう叫《さけ》ぶ。

しかし。

「別にいいよ」

当のマスター・ユニコーンはそう言った。

デレクはケラケラと笑う。

「だぞうだぞ。馬鹿どもと違って話が分かるなお前は」

だが。


「どうせアナタが何やってもわたしが勝つから」


マスター・ユニコーンはやはり表情一つ、声色《こわいろ》一つ変えずにそう言った。

もはやそれは目の前の相手をその辺に転がっている石ころくらいの脅威《きょうい》にしか感じていない、驕《おご》りがどうとかそういうレベルを超《こ》えたモノが宿っていた。

「……ほう、やっぱりここにはウザいやつしかいないようだな」

デレクが剣を構え直す。

「その余裕《よゆう》がいつまで続くかねえ‼」

そして、指を鳴らすと。

「火風絢爛楽土灰燼《かふうけんらんらくどかいじん》、『ファイアストーム』‼」

エリーゼが手から強力な炎《ほのお》系統魔法を放った。

しかも、しっかりと詠唱魔法《えいしょうまほう》。凄まじい火力で地面を焼き焦《こ》がしながら敵に襲いかかる。

ギリギリのところでそれを躱すマスター・ユニコーン。

「この恥知《はじし》らずが……攻撃魔法《こうげきまほう》まで……!!」

シルバーバックの獣人がギリッ、と歯を噛《か》みしめる。

次々と放たれる強力な詠唱魔法。

一撃一撃《いちげきいちげき》が木々を焼き尽くし、うなりを上げて地面を抉《えぐ》る。

マスター・ユニコーンは滑《なめ》らかな動きでそれらを避けているが、体の強さ自体は人間の十五歳の少女レベルなのだ。一撃《いちげき》でも食らえば致命傷《ちめいしょう》になりうる。

「エリーゼは元々魔王討伐《まおうとうばつ》を期待された最高レベルの魔術師《まじゅつし》だったんでね。なかなかに高性能だろう？」

「自分の妻の実力を『性能』呼ばわりとは。貴様、魔人から見ても相当なゲスだな」

シルバーバックの獣人がそう言うが。

「道具の能力を性能と呼んで何が悪い。ああ、夜の遊びの性能もなかなか高いぞ。おかげで四人も孕《はら》ませてしまったな!!　ははははは!!」

デレクはケラケラと笑いながらそう返した。

「おら、こっちへの注意がおろそかになってるぞぉ!!」

マスター・ユニコーンが跳躍《ちょうやく》で魔法を躱して体が浮いたところを狙《ねら》って、デレクが切りかかる。

空中では地面を蹴れず身動きが取れない。

定石通りの最も相手が嫌《いや》がるタイミングをそつなく狙った、上手《うま》くいやらしい攻撃である。

しかし、マスター・ユニコーンはまるでネコ科動物のごとき柔軟性《じゅうなんせい》と瞬発力《しゅんぱつりょく》で、空中で体を捻《ひね》りデレクの剣《けん》を躱してしまう。

「なっ!!」

驚きの声を上げるデレク。やはり、この女の戦闘技術は尋常《じんじょう》ではない。

躱されると思っていなかったデレクは当然隙《すき》だらけであった。

マスター・ユニコーンはそんなデレクに容赦《ようしゃ》なく剣を振るう。

……が、しかし。

ガチン!! とデレクの体がその刃《やいば》を止めた。

「……身体硬化《こうか》魔法《まほう》?」

マスター・ユニコーンがボソリとそう言った。

使用したのは王妃《おうひ》エリーゼ、そして驚いたのは味方である第三王国の兵士たちの方だった。

先ほど金属製の大砲を軽々と真っ二つにしたマスター・ユニコーンの剣である。

それを超える強度を身体硬化魔法で生み出すというのが、どれだけ至難の業《わざ》かということを彼らは知っていた。

かつての大戦でデレクだけでなく、エリーゼ王妃も大きな戦果を上げていたのは知っていたが、まさかこれほどの使い手だったとは……といった反応である。

「エリーゼのこれは、何だったらノーマンのやつよりも強力だぞ？」

まったくもって便利な道具だ。

と、この道具を昔入手した自分の優秀《ゆうしゅう》さに感謝しながら、デレクは剣を振りかぶる。

マスター・ユニコーンはその一撃を剣で受け止めようとしたが。

「大蛇の雫《カースドロップ》」

「⁉」

直前で地面に剣を突《つ》き刺《さ》し、それを軸《じく》に体を回転させ大きく飛び跳《は》ねた。

その直後、デレクの剣についていた棘から黒い液体が飛び出し、先ほどマスター・ユニコーンがいたところに降りかかる。

そして液体が当たった地面がジュウウウウウウウウウウウウ‼　と黒い煙《けむり》を上げて溶《と》け出した。

「……毒」

「ははは、バレちゃったか」

デレクは少々ふざけたような態度でそう言った。

そう。

これが『暗黒僧侶《そうりょ》』の必勝戦術。

単純戦闘での能力の低さを身体強化魔法をかけてもらうことで補い、サポートに気がとられている隙に得意の黒魔法の毒攻撃で一撃必殺。

エマヌエルの剣というマイナーな棘だらけの大きな剣も、効率的に相手の皮膚《ひふ》を切って毒を浸透《しんとう》させやすくするためである。

「お前の前の暗黒七星もこれで葬《ほうむ》った。あの断末魔《だんまつま》の叫《さけ》びは中々にいい音色だったなぁ」

当時のことを思い出し悦《えつ》に入る。

自信満々で自分の力を振るおうとしたあのデカブツに早々にマヒ毒を叩《たた》きこんで、実力の三分の一も出せないまま嬲《なぶ》り殺してやった。

徹底的《てっていてき》に悪辣《あくらつ》で容赦なし。それがデレクの戦い方である。

「……うんまあ」

しかし、マスター・ユニコーンは一人呟くように言う。

「でも、結局普通《ふつう》にわたしが勝つと思うな」

「ああん？」

まだ、舐《な》めたことを言いやがる。とデレクが苛立《いらだ》つ。

次の瞬間《しゅんかん》、マスター・ユニコーンの姿が消えた。

「⁉」

「デレク様、後ろです‼」

エリーゼの言葉に反応するが、時すでに遅《おそ》かった。

デレクが振り向く前に、目にもとまらぬ速さで振るわれるマスター・ユニコーンの剣。

ズバッ‼　っと、デレクの右腕《みぎうで》が切り飛ばされて宙を舞《ま》った。

□□

「ぐっ⁉」

デレクは激痛に耐《た》えながら腕《うで》を拾うと、素早《すばや》くエリーゼのもとに駆《か》け寄った。

「デレク様‼」

「早くくっつけろ!!　切断面が痛む前に!!」

デレクに言われ、腕をくっつけて回復魔法《まほう》をかけるエリーゼ。

本来は切断された腕の接着など一日作業なのだが、エリーゼは治癒《ちゆ》魔法も高レベルで使えることと、何よりデレクの得意な属性である水属性魔法によって、体に流れる血液をはじめとした液体をコントロールして回復の助けにしている。

見る見るうちに繋《つな》がっていくデレクの右腕。

「それにしても……なんだ今の瞬間移動は、そんな隠《かく》し玉《だま》を持ってるとはお前もなかなか食えない奴《やつ》だな」

手下のシルバーバックの獣人《じゅうじん》が、剣術のみで戦うなどとほざいていたから不意を食らった。

しかしマスター・ユニコーンは首を横に振る。

「いや別になにも特別なことはやってないけど。普通に速く動いて後ろに回り込んだだけ」

「馬鹿なことを言うな。しらを切るつもりか?」

デレクは眉を顰《ひそ》める。

「お前の身体能力は普通のその辺の女と大差ない。いくら『無音の動き』を体現していても魔法無しであんな瞬間移動みたいな動きができるわけないんだ」

さっきまで切れなかった硬質化《こうしつか》されたデレクの体を易々《やすやす》と切ったのもそうである。

剣術だけでできるわけがない。なにかのトリックがあるに決まってる。

だが。

「むしろ、なんで皆できないの？」

「なに……？」

「わたしは、それが昔から分からない。速く動こうと思えばそういう風に動けばいいだけだし、硬《かた》いものを切りたかったら切れるように切ろうとすればいいだけなのに」

まるで、猿《さる》の群れの中で自分だけが言語を扱《あつか》えるのが心底不思議でならないとでもいうように。

「なんで、わたしにできることが皆にはできないのかなあ」

■■

ダンジョンを抜《ぬ》けた少女を待っていたのは孤独《こどく》だった。

自らの剣とまともに戦うことができるものは、ダンジョンの外にも誰一人《だれひとり》いなかったのである。

魔界は弱肉強食、殺し合いの世界。

相手には困らなかったがひたすらに挑まれては切って、強い敵がいると知れば挑んでは切って、ほとんど流れ作業のように少女は死骸《しがい》を積み上げていく。

弱肉強食のはずの世界で、自分だけが無敵なほどに強い。

余りにも自分は周りと違《ちが》う。

それが孤独だった。

誰かどこかにいないのだろうか、この孤独を埋《う》める自分を上回る強者は。

そんなある時。

「ほう、面白《おもしろ》い小娘《こむすめ》だな」

そう言ったのは、獣人最強の剣士《けんし》に与《あた》えられる「マスター」の称号《しょうごう》を持つ魔界最強の剣《けん》豪《ごう》、マスター・ミノタウロスだった。

少女は彼《かれ》との戦いで、初めて自らの剣を上回られた。

「ふははは面白い小娘だ。どうだ？　ワシに弟子《でし》入りしてみんか？　五年もやればワシを超えれるかもしれんぞ？」

そして少女は、マスター・ミノタウロスのもとで剣を学ぶことになる。

学ぶといっても、最初はマスター・ミノタウロスの戦いを側で見るだけだった。

しかし、少女にはそれだけで十分であった。

一度見た動きは全て再現し、応用までして見せた。

その時間はユニコーンにとってこれまでで最も充実《じゅうじつ》した時間だった。

なにより、自分の剣で倒せない相手がいるのだ。

それが楽しかった。


だが、たった一年後。

「……見事だ、我《わ》が弟子よ」

師匠《ししょう》は自分の前で体を袈裟《けさ》に切り裂かれ膝《ひざ》をついていた。

『継承《けいしょう》の戦い』。

獣人最強の称号である、マスターの座をかけた命がけの戦いである。

少女はたった一年でこの戦いに挑めるレベルに達し、そして、傷一つ負わずに圧倒的な実力差で勝利してしまった。

「完璧《かんぺき》だ……完璧すぎる剣士だ。単純な戦闘《せんとう》能力で言えば、魔王《まおう》ベルゼビュート様すら上回るやも知れぬ……今後お前を超える剣士は現れることはあるまい……」

おびただしい量の血を口と切り口から流しながら師がそう言った。

いくら魔族《まぞく》の生命力をもってしても長くはない。

「じゃあ……わたしは、この先ずっと孤独なままなの？」

初めて自分を上回った師ですら、たった一年で完全に超えてしまった。

また誰も対等な者の存在しない果てない孤独の荒野《こうや》を彷徨《さまよ》わなければならない。そして今度のそれは永遠に続くモノとしか思えなかった。

「そうだな……もし、もしもお前を倒せる者がいるとすれば、それは単純な強さではない『何か』を持っているものになるだろう」

「その「何か」ってなに？」

「……ふっ、それは、ワシにも分からん。ワシも強さに生きた人間だからな……ぐふっ!!」

とうとうマスター・ミノタウロスが倒れた。

「すまんな……お前の孤独を埋めてやることができなくて……」

そう言い残してマスター・ミノタウロスは絶命した。

マスター・ユニコーンは師の亡骸《なきがら》から、薄暗《うすぐら》くどこまでも続く魔界の空に目を移して呟《つぶや》く。

「ああ、また一人になった……」

そうして『孤高《ここう》の剣聖獣《けんせいじゅう》』マスター・ユニコーンは誕生したのである。

「ねえ……アナタは、その『何か』を持ってるの？」

マスター・ユニコーンが剣を構える。

「……!!」

ゾワリ……と。その瞬間デレクの全身を悪寒《おかん》が駆け巡《めぐ》った。

（なんだ、この圧力は……）

「力じゃない『何か』。無いとわたしには勝てないよ？」

最高レベルの達人を前にすると、向き合うだけでいつの間にか気圧《けお》されて冷汗《ひやあせ》が滲《にじ》んでくると言うが、マスター・ユニコーンを前にして起こっている現象はまさにそれだった。

いや、本気のアランやケビンと剣を持って向き合った時も同じものを感じたが、これはその二人と比較《ひかく》しても「桁《けた》が違い過ぎる」。

「くそ、わけわからないことを!!　だが、お前がゆっくりしたおかげで、腕もしっかり繋がったぞ」

エリーゼに直してもらった腕で、デレクはマスター・ユニコーンに切りかかる。

デレクのとった選択肢《せんたくし》は、意外にもなんのフェイントも入れない真っ向からの打ち込み。

だが、現状ならそれが最適解だと判断した。

（……単純な腕力《わんりょく》は身体強化された俺のほうが上。正面からぶつければ押《お》し勝てる）

しかし。


ガシィィンとデレクの一撃はいとも簡単に正面から受け止められてしまう。


「なっ!!」

「「慣れた」よ……アナタの重さには」」

（真っ向から打ち込み止めといて、慣れってなんだよクソが!!）

デレクが内心でそう毒づく。

「だが、これはどうだ……!!　「大蛇の雫」!!」

エマヌエルの剣の棘から毒液が滲み出し、マスター・ユニコーンに襲いかかる。

地面を溶かすことすら可能な毒液だが……。

「普通に避《よ》ければ、そんなもの当たらないよ」

マスター・ユニコーンはまた一瞬《いっしゅん》でデレクの背後に回った。

「くそ!!」

振り向き様に毒液のたっぷりとついた剣を振るが。

「もうその毒、意味無いよ」

そう言ってユニコーンがデレクの剣を受け止める。

すると理解不能な現象が起こった。

(剣の毒液が相手のほうに飛ばない⁉)

当たり前だが、本来なら液体のたっぷりとついた剣を受け止めれば慣性にしたがって、毒液が自分の方に飛んでいくはずである。

(クソ!! どんな受け止め方したらそうなるんだ!!)

さらに、マスター・ユニコーンがデレクの剣を受け止めた自分の剣を軽く握《にぎ》り込む。

すると。

「ぐっ、ごはっ!!」

デレクの内臓に衝撃《しょうげき》が襲い掛かった。

(……今度は一体なんだ⁉)

「そもそも毒なんて使わなくても、受け止めた剣から相手の体に衝撃を送《おく》り込めば、同じことできるんだけどなあ」

マスター・ユニコーンはそう呟いた。

もはや上級魔法としか思えない数々の現象。この怪物《かいぶつ》はそれを「当たり前のこと」として認識《にんしき》している。

「くそ……この天才がぁ」

デレクは血の滴《したた》る口元を押《お》さえながら言う。

舐めやがって、その見下した態度、恐怖《きょうふ》で震《ふる》え上がらせてやる。

「さっき力じゃない何かつったなあ!!　じゃあ見せてやるよ、その何かってやつをなあああああああああああああああ！！！」

デレクはエリーゼに攻撃魔法を撃《う》たせて、マスター・ユニコーンがそれを躱《かわ》している間に距離を取る。

そして。

「『洗脳《ブレインウォッシュ》』!!」

デレクがそう言うと。

「ウ……ウ、オオオオオオオオオオオオオオオオ!!」

なんと観戦していた獣人型の魔人たちが一斉《いっせい》にマスター・ユニコーンに襲い掛かってきたのである。

□□

驚《おどろ》いたのは第三王国の兵士たちだった。

「どうなっているのだ⁉　デレク様の『洗脳』は一度かかってしまえば強力だが、射程はせいぜい20ｍ。しかも魔力《まりょく》や精神力が強い人間には弱らせてからでなければかからないはずなのに⁉」

完全に射程外から洗脳をかけたのも、屈強《くっきょう》でまだ戦う能力が十分に残っている獣人たちを洗脳できたのもありえないことである。

「ははは、その条件は俺《おれ》の血を体内に入れたやつは別でねえ!!　距離は無限、魔力や体力の制約もよほど高くなければ防げないのさ!!」

デレクが笑いながら言う。

「現に超一流魔術師《ちょういちりゅうまじゅつし》のエリーゼがずっと洗脳されてるわけだからねえ。さっきの大砲《たいほう》の球にたっぷり毒と一緒に俺の血から作った洗脳液を塗《ぬ》らせてもらったぞ!!」

あれだけ、破片《はへん》をばら撒《ま》いたのだ。全員軽くかすったくらいはしているということである。

「デ、デレク様!!　それはいくら何でも卑怯《ひきょう》では……」

騎士道《きしどう》精神を重んじる気風のある第三王国の兵士たちからはそんな言葉が漏れる。

「うるせえ黙《だま》れウスノロが!!　てめえも操《あやつ》って戦わせてやろうか!!」

小うるさい馬鹿どもが。誇《ほこ》りで目の前の化け物に勝てるか。

しかし。

「……へえ」

当のマスター・ユニコーンは襲い掛かってくる自分の部下たちを軽々といなす。

華麗《かれい》な動きで全ての攻撃《こうげき》を躱し、隙を狙って攻撃してくるデレクとエリーゼの魔法を難なく捌《さば》く。

「……クソ、この化け物が!!」

その様子に苛立つデレク。

一方第三王国の兵士たちは敵ながらマスター・ユニコーンの舞うような戦いを見て言う。

「……美しい。あれが剣術《けんじゅつ》の極致《きょくち》」

「それに、さっきから自分の部下は気絶させるだけで一人も殺していないぞ」

「まあ、一応わたしの部下だから、死なせるのもね」

マスター・ユニコーンは特に誇るでもなくそんなことを言う。


「それに引き換《か》え我らが王は……」

「……ばか……聞こえるぞ」


（聞こえてんだよ無能どもが……）

デレクはもはや聞き慣れた自分へのヘイトや悪評を聞きなら言う。

そもそも貴様らが束になってもこの女と勝負にならないくらい無能だからこうなってるというのに……。

「……まあ、アイツらの言う通りさ。お前は僕と違って正々堂々としてるな一角女」

「？」

マスター・ユニコーンが素早い動きで洗脳された自分の部下たちからの攻撃を躱しながら、首を傾《かし》げる。

「生まれ持ったその美しい剣術でさ、どんな相手が来ても正々堂々真正面から戦って勝って、すげえすげえって皆から称賛《しょうさん》されて尊敬されるんだろうね。僕は……」

デレクの表情が怒りに歪《ゆが》む。

「死ぬほど嫌《きら》いなんだよなねえ!!　お前みたいに、正道を歩ける人間がさあ!!」

「そう……ごめん、わたしそういう気持ち分からない」

「その澄《す》ました顔、苦痛で歪めてやるよクソが!!」

■■

デレク・コールマン。

後のデレク・ヘンダーソンは霧の商業国《ブルーインターセクト》で小さな商店を営む両親の間に生まれた。

平凡《へいぼん》な家に生まれ育った彼だが、両親も含《ふく》め周囲の人間からは疎《うと》まれていた。

固有魔法『洗脳《ブレインウオッシュ》』、わずか六歳《さい》でそれに目覚めたデレクは、何かがあるたびに犯人として疑われた。

お前が操ってやらせたんじゃないか？　と。

だが当のデレクは。

「自分の能力は恐《おそ》ろしいものだけど、きっと誰《だれ》かを幸せにするために使うんだ」

と、そんなことを思う心優しい少年だった。

窃盗犯《せっとうはん》にデレクに操られたと嘘《うそ》の証言をされて、牢屋《ろうや》に閉《と》じ込《こ》められても。

母親が浮気《うわき》をしたのをデレクに操られたからだと責任転嫁《てんか》されても。

デレクは自分の能力を人のために役立てたという考えを曲げなかった。

確かにその気になれば、皆《み》んなが言っているような悪いことだって簡単にできてしまう。

……でも。

(今はこの力のせいで嫌われてるけど。悪いことをせずに皆のために力を使っていれば、きっとそのうち僕のことを好きになってくれる。きっとそうだ)

そんな風に思っていた。


そんなある日、デレクが十五歳の時に一人の女が家に訪《おとず》れる。

「アナタがデレクさんですか。素晴《すば》らしい力を持っていると聞いています」

なんと第二王女エリーゼ・ヘンダーソンだった。

エリーゼは言う。

「私は魔王討伐に参加しようと思います。アナタもそこに加わってもらいたい。この国のために、人類のために、アナタの力を貸してくれませんか？」

綺麗《きれい》な顔立ちと優しい笑顔にデレクは心を奪《うば》われた。

同時に自分の力が誰かの役に立てる機会がやってきたのだと喜んだ。

そして、デレクはエリーゼのパーティに入った。

デレクの能力は非常に便利で、洗脳を駆使《くし》して相手を同士討《う》ちさせたり、情報を奪ったり、魔獣《まじゅう》を操って自分たちの戦力にしたりと大いに活躍《かつやく》した。

エリーゼを始め、パーティの皆はデレクを褒《ほ》めた。

「すごいぞ」

「お前は人類の救世主かもしれない」

家にいた頃《ころ》は、何をやっても恨《うら》みだけをぶつけられたので、彼らのその一言一言が嬉《うれ》しかった。

エリーゼは「アナタの力は邪悪なものなんかじゃないわ。皆を幸せにできる素敵《すてき》な力よ。いずれ私たちで魔王を倒《たお》して皆が笑顔で過ごせるようになるまで、一緒に頑張《がんば》りましょうね」

とそう言った。

嬉しかった。本当に。

やがて、『霧の商業国』に最も被害《ひがい》を及《およ》ぼしていた魔王軍の基地の一つをエリーゼたちのパーティは壊滅《かいめつ》させた。

国に帰れば英雄扱《えいゆうあつか》いされるレベルの非常に大きな戦果である。

「このまま行けば、本当に僕らで魔王を倒せるかもしれませんねエリーゼ様!!」

そんな風に無邪気《むじゃき》に喜ぶデレク。

その心臓を。


「いいえ、ここまでで十分です。アナタは用済みです」

エリーゼは剣で一突《ひとつ》きにした。


「え……!?」

心臓は魔力の源。潰《つぶ》されれば何もできない。

口から血を滴らせながらデレクは言う。

「な……なんで、エリーゼ様は、魔王を倒して皆《みな》が笑顔で過ごせる世の中を……」

「私は王位継承争いに勝ちたかっただけ。この戦果があれば十分に箔《はく》が付くわ。でもなければ、ワザワザ王族が危険な戦いに出向くわけないじゃない。そんなのよほどの物好きか馬鹿よ」

エリーゼはこれまで見せてきた優しく慈悲《じひ》に満ちあふれた笑顔ではなく、野心家の邪悪《じゃあく》な笑みを浮《う》かべてそう言った。

「でまあ、箔をつけるのにアナタみたいな汚《けが》らわしい能力を持ってる奴が仲間にいたってなると困るのよ。だから、アナタはいなかったことになってもらうわね。アナタの代わりの影武者《かげむしゃ》も用意してあるから」

「そんな……僕の……力は、皆を幸せにできる、素敵なものだって……」

しかし、汚物《おぶつ》を見るように顔を顰《しか》めると。

「嘘に決まってるでしょ、汚らわしい」

そう言ってエリーゼは、デレクを崖《がけ》の下に突き落とした。

浮遊《ふゆう》感の後、ベシャリと体が粘性《ねんせい》のある液体の中に沈《しず》む。

直後に襲《おそ》ってくる激痛。

自らの巣を強烈《きょうれつ》な毒沼《どくぬま》にする習性のある凶悪毒蛇《きょうあくどくへび》モンスター、ベリアルスネークの住処《すみか》であった。

「エリーゼえええええええええええええええ!!　貴様あああああああああああああああああああ!!」

しかし、毒に体を晒《さら》される激痛など忘れてデレクは叫ぶ。

信じていたのに、好きだったのに。

「アンタって、ホントに頭悪いわよねえ。そんな力持ってて誰かがあなたのこと信用してくれるわけないじゃない。一生無理よそんなの」

そして。

「……気持ち悪い。アンタなんか誰も好きにならないわよ」

それだけ言い残して、エリーゼとパーティのメンバーはその場を去っていった。

「くそが‼　くそが‼　くそがああああああああああああああああああああ‼」

デレクは一人、毒液の中で溺《おぼ》れながら叫ぶ。

ふざけるな。僕《ぼく》だって望んでこの力を持ったわけじゃない。

この力のせいで、皆からも両親からも嫌われて悪者にされて、それでも悪いことになんか使わずにきっと誰かの役にたてる日が来ると思って。

やっとそう思ってくれる仲間と出会えたと思ったのに。

（……もういい）

俺は悪人でいい。

もう我慢《がまん》なんてしない。もう人のためにこの力を使ってやるものか。

俺は俺のことだけ考えて、俺の欲望を満たすためにこの力を使って生きてやる。

(見ていろ……絶対に生き残って復讐《ふくしゅう》してやるぞ!!　お前ら全員!!)

毒の沼に体が侵《おか》される激痛の中、デレクは復讐を誓《ちか》った。


エリーゼたちの誤算が一つあった。

デレクの洗脳魔法は水属性魔法の毒水のジャンルに区分されるものであり、デレクの体は毒との親和性が生まれつき高いのである。

突き落とされた毒蛇の沼の毒は激痛を及ぼしつつも、デレクの体を僅《わず》かに回復させたのだ。

さらに、運よくベリアルスネークはその時産卵《さんらん》の時期であり、食料であるデレクが落ちても産卵中の七十二時間の間は無視せざるをえなかったのである。

デレクはナメクジのようなスピードで沼を三日三晩這《は》いまわり、何とか一命をとりとめた。

そしてしっかりと傷を癒《いや》し……。

魔王の拠点《きょてん》を潰した英雄《えいゆう》として国に帰る途中《とちゅう》の宿で、宴会騒《えんかいさわ》ぎをしていたエリーゼを含むパーティメンバーは急にバタバタと倒れた。

「食事に毒が入ってないかくらい、ケアしないとダメじゃないか。そういうの僕に丸投げしてたツケが来たねえ」

デレクはエリーゼ以外の、致死量《ちしりよう》の十倍の毒を入れた酒を飲んで即死《そくし》した、かつての仲間の頭を踏《ふ》みつけながら言う。

「た……助け……」

エリーゼの方は量を調整したので、致死量一歩手前の毒を食《く》らって苦しみもがいている。

「いいとも。エリーゼには感謝してるんだ。君のおかげで俺は目が覚めたからね。この力は誰かの笑顔のためじゃない。俺の欲望を満たすために存在したんだ」

そして、凄《すさ》まじく邪悪な笑みを浮かべて言う。

「とりあえず俺は王様にでもなってみようと思う。エリーゼに僕の子供を産んでもらってねえ!!」

その表情は、ついこの間までの純粋《じゅんすい》な少年のものではなく。

圧倒的《あっとうてき》な悪意に満ちた怪物のモノであった。

「ひっ……あっ……」

「安心してよ。ちゃんと俺に尽《つ》くすのが幸せだと思えるように調整してあげるからさあ!!

はははははははははははは!!」

■■

「そうだとも!!　あの時は最高に楽しかったなあ!!　心から思ったさ、これがホントの俺なんだってさあ!!」

デレクは高笑いする。

悪魔《あくま》のように、獣のように、鬼《おに》のように。

愉悦《ゆえつ》と、怒《いか》りと、嘲《あざけ》りと、喜びの混ざった歪んだ笑みで。

「だから、どんなクズなことだって平気でできちまうんだよなあ!!」

ゾワリと、第三王国の兵士たちに、自分たちが戦っているわけでもないのに凄まじい悪寒が走る。

「おい、一角女。部下は死なせねえって言ってたな?」

「うん、言ったけど?」

「やれるもんならやってみろ」

そしてデレクは。

「おい、獣人ども、順番に自害しろ」

そう指示を出した。

それによって何人かの獣人たちが自分の剣《けん》を自分の心臓に向ける。

「で、デレク様!!　それはいくら何でも!!」

今度ばかりはさすがに大声をあげて主君を咎《とが》めようとする第三王国の兵士たち。

「お前も自害するか?」

「ひいっ」

デレクに凄《すご》まれて、その場に尻《しり》もちをつく騎《き》士団長《しだんちょう》。

「さあさあさあ、どうする清廉潔白《せいれんけつぱく》な剣聖獣さんよお。誰も死なせせなんだよねえ?」

「……そのつもり」

マスター・ユニコーンは凄まじい速度で獣人たちの間を駆け抜けると、自害しようとしていた者たちの武器を弾《はじ》き飛ばした。

自害しようとする獣人は、一ヶ所に固まっているわけではないというのに、相変わらず異常極《きわ》まりない素早さと動きの滑《なめ》らかさである。

だがまた他の獣人が自殺を図《はか》る。

しかし、それもマスター・ユニコーンは彼ら自身が、自分の持っている剣で自分を貫《つらぬ》くよりも早く、接近して武器を弾き飛ばしてしまう。

「……次」

それを何度でも繰《く》り返す。

いくらマスター・ユニコーンが一切《いっさい》無音の効率のいい体の動かし方をしていても、これだけ動き回れば体力が持たないはずだが、そこは『反則能力』によって無限のスタミナを供給されているわけである。

「大したもんだね……でも、さすがにデカい隙《すき》ができるよなあ!!」

誰が次に自殺するかはデレクが決めている、すなわちそこにマスター・ユニコーンがやってくることは予測できるのだ。

敵の嫌《いや》がることをする能力に関して、デレクの右に出る者はいない。

デレクはマスター・ユニコーンが最も対処し辛《づら》いタイミングで、最も遠い場所の獣人を自害させようとする。

それでもマスター・ユニコーンは対処しようと動き、見事に阻止《そし》するが。

当然、いくらなんでも隙ができる。

「はあ!!」

そこにタイミングよく切りかかるデレク。

しかし、そこはさすがの超怪物《ちょうかいぶつ》、マスター・ユニコーンである。

デレクの一撃《いちげき》を間一髪《かんいっぱつ》で躱した。

しかし……。

「お、服を掠《かす》めただけだが初めて当たったなあ」

剣自体は躱されたが、毒液が小さく一滴《ひとしずく》だけ命中しマスター・ユニコーンの着ている服を溶《と》かしていた。

この戦いで初めて、マスター・ユニコーンがデレクの攻撃を完全に躱しきれなかったのである。

とはいえ、ダメージは負っていないので、マスター・ユニコーンが反撃《はんげき》をしようとするが。

「お？　いいのか俺にかまけてて、他のやつが死のうとしてるぞ？」

かなり離《はな》れたところにいる獣人が数名、自分の喉元《のどもと》に自分の鋭《するど》い爪《つめ》を突《つ》きつけようとしていた。

マスター・ユニコーンは反撃を中断し、自害しようとした獣人の武器を弾き飛ばす。

「そら、もう一度ぉ!!」

そして、先ほどと同じく絶妙《ぜつみょう》に対処しにくいタイミングでデレクが切りかかる。

これも間一髪で躱すマスター・ユニコーンだったが。

「また毒液は命中したねえ」

今度は数滴《すうてき》、毒液が命中しマスター・ユニコーンの衣服を溶かしていた。

「さあて、あと何度躱せるかなあ?」

邪悪な笑いを浮かべるデレク。


——なんて非道な戦いなのだ……。

——こんな戦い方で勝ったところで、一体何を誇ればいいのだ。


そんな声が味方の方から聞こえてくる。

そして嫌悪《けんお》と恐怖と侮蔑《ぶべつ》の眼差《まなざ》しも。

「はははははははははははははははははははは言うがいいさ!!　勝てばいいんだよ勝てばなあ!!」

しかしデレクは嘲笑《ちょうしょう》する。

邪悪で結構。

自分は『追放されし暗黒僧侶《そうりょ》』。

もはやその侮蔑の視線すら愉悦だ。

「……」

一方、マスター・ユニコーンは自害しようとする部下の武器を弾《はじ》きながら、こちらの方を黙って見ている。

「なんだ？　文句でもあるかい？」

そう聞くと、マスター・ユニコーンは首を横に振《ふ》って。

「いや、色々大変そうだなと思って」

無表情だが同情の籠《こ》もった声でそう言ってきた。

「嫌味《いやみ》か。見下しやがってクソが。死ねよ」

「そういうわけじゃないけど、今までにない相手で楽しめてるし。でも……もう、倒し方わかっちゃった」

マスター・ユニコーンはそう言うと。

なんと、自殺しようとした自分の部下を切ったのである。

（……ついに自分の部下を死なせないのは諦《あきら》めたか？）

そう思ったが。

「あれ？　俺は何を？」

なんと、マスター・ユニコーンに斬《き》られた獣人《じゅうじん》が正気に戻《もど》ったのである。

「馬鹿な!!　洗脳解除だと!?　いや、そもそもさっき剣が体を通過していたはずだ。なぜ体が真っ二つになっていない!!」

「わたしが切ったのは『洗脳の繫《つな》がり』だけだから」

「なんだそのピンポイントな技術は!!」

そもそもデレクの『洗脳』は魔術的《まじゅってき》な仕《し》掛《か》けのあるモノとは違《ちが》い、生来使えたスキルである。

だから基本的には他の魔《ま》法《ほう》で解除することは不可能だし、もし解除する魔術を開発するのであればデレクのスキルそのものを専門で研究し尽くさなければならない。

もちろん、そんな研究の協力をデレクがするわけがない。

よって、デレクの『洗脳』は今までかかりさえすれば最強のスキルだったのだが……。

「今考えたからね」

マスター・ユニコーンは当たり前のようにそう言った。

「こ、この天才がっ……」

次々に自殺しようとしている獣人たちの洗脳を切っていくマスター・ユニコーン。

一人、また一人と自分の手駒《てごま》が減っていく。

「くそ、くそ、くそ!!」

(……マズイ、全員の洗脳が解かれる前になんとかしないと)

デレクはそう考えてマスター・ユニコーンを仕留めようと、斬りかかろうとするが。

「いいのそんなに離れちゃって?」

マスター・ユニコーンがいきなり方向転換《てんかん》した。

「しまった!!」

その先にはエリーゼ。

ずっとデレクに強化魔法を施《ほどこ》し、時には攻撃魔法《こうげきまほう》で支援《しえん》してきたエリーゼ。

デレクはこの戦闘の最中、常にエリーゼの方に敵が行ってもいつでも守りに入れる立ち位置をとってきたのである。

焦《あせ》りによって、一瞬だがデレクはその位置取りから外れた。

その隙を見逃《みのが》すこの相手ではなかった。

マスター・ユニコーンの剣がエリーゼの体を通り抜《ぬ》けた。

「……え？」


二十五年ぶりに洗脳が解け、呆然《ぼうぜん》とするエリーゼ。

「嘘、私、今まで……」

「エリーゼ……」

その隙に、マスター・ユニコーンはデレクに洗脳されていた最後の獣人の洗脳を切った。

「……これでアナタの戦いを支えるものは無くなった」

エリーゼの洗脳は解除された。

今まで献身的《けんしんてき》に道具としてデレクを支えてきたのは『洗脳』していたからにすぎない。

洗脳した獣人たちという道具も失い。

よってもはや、デレクの味方は誰一人《だれひとり》いなくなった。

□□

エリーゼによる身体強化が無くなったデレクに、マスター・ユニコーンが無慈悲《むじひ》に襲い掛《か》かる。

「ぐっ!!」

目にも留まらぬ斬撃を何とか自分の剣で受け止めるデレク。

「意外と、勘《かん》がいい」

「舐《な》めるなよ。これでもそれなりに修羅場《しゅらば》をくぐってきてるんだよ」

そう。

基本的には絡《から》め手《て》で戦うデレクだが、当然『絶滅戦争《ティタノマキア》』を前線で戦って生き延びてきた猛者《もさ》である。

単純な戦闘《せんとう》能力でも、この時代の一般《いっぱん》兵など比べものにならない程度には高い。

しかし敵はそんな次元よりも遥《はる》か上の怪物。

「でも、スペックが足りない」

マスター・ユニコーンが軽々とデレクを防御《ぼうぎょ》ごと跳《は》ね飛ばす。

(……ぐっ、ドーラと打ち合ったみたいな重さだ。あの腕力でどうやったらそんなことになりやがる!!)

体勢の崩《くず》れたデレクにさらなる追撃《ついげき》。

先ほどくらった、受け止めた剣から衝撃を内臓に伝える毒の剣を連続で放ってくる。

（これを受け止めるのはマズイ……だが……っ!!）

分かっていても完全に躱すほどの戦闘技術を持たないデレクは、剣で受け止めるしかない。

「ごっ……がはっ……」

よって全身に骨と内臓と筋肉を破壊《はかい》する衝撃という名の毒が何度も叩《たた》き込まれる。

大量に吐血《とけつ》し、ふらつくデレク。

（……く、クソ。体が……もう、動かねえ……）

あまりにも実力が違いすぎた。

本当に一対一の戦いになってみればこの通り。

あっという間に勝負はついてしまった。

（……ああ、一人だ）

デレクは全身に響《ひび》き渡《わた》る激痛の中で、そんなことを思った。

『洗脳』の能力を恐れられ、生まれた時からずっと一人で生きてきた。

誰とも心を通わせることはなく。

逆らう者は心ごと握りつぶして従えてきた。

だから一人。
ずっと一人。
『洗脳』や恐怖による支配で従わせても結局はこうなった。
（……ああ、クソ。クソッタレだ。どいつもこいつも、何もかもクソッタレだ）
「あんまり見ない戦い方するから、アナタには『何か』があると期待したんだけど」
マスター・ユニコーンは少々残念そうにそう言って。
「……これで終わり」
その剣がデレクの心臓を狙《ねら》う。
回避《かいひ》する体力はもう無い。
ここまで奇跡《きせき》的に全ての戦いに勝利した『英雄』たちの初の敗北が決定した。
その時。

「デレク様っ!!」

なんと横から飛び込んできたエリーゼが、デレクを突き飛ばしたのである。
洗脳を解除されたはずのエリーゼがだ。

そして、デレクの身代わりになりマスター・ユニコーンの剣で心臓を深々と貫《つらぬ》かれる。

「⁉」

これはさすがのマスター・ユニコーンも完全に意表をつかれ、動きが固まる。

「エリーゼ……なぜ……」

「今です……デレク様‼」

口から血を流しながら叫《さけ》んだエリーゼの言葉にデレクはほとんど反射で剣を振るった。

そして、エリーゼに剣を突き立て隙のできたマスター・ユニコーンに、見事その剣を命中させたのだった。

□□

鮮血《せんけつ》が飛び散る。

一つはデレクの剣を受けたマスター・ユニコーンの血。

そして、マスター・ユニコーンがよろめいて後ろに下がったことで、胸から剣が抜けたことによって溢《あふ》れ出たエリーゼの血である。

「エリーゼ‼」

デレクはすぐさま、倒れたエリーゼの上体を抱《だ》き抱《かか》える。

「よかった……です、ご無事で……」

（この傷……ダメだ、助からない）

デレクは自らの得意分野である『洗脳』と『毒』を研究する過程で医学の知識もある。

そしてその見地から見れば……エリーゼは助かる見込《みこ》みはなかった。

マスター・ユニコーンが放ったのはただの突きではなく、衝撃《しょうげき》を叩き込む剣と同じタイプの一撃である。それにより重要な臓器が根こそぎ衝撃で破壊され尽くしていた。

ドクドクと胸から溢れる鮮血があっという間に、エリーゼのドレスを真っ赤に染め上げる。

「なぜだ!!　洗脳は解除されていたのに、なぜ俺《おれ》を助けた!?」

デレクは叫ぶようにそう言った。

二十五年間、操り続けて利用し続けた。元から自分を裏切って殺すくらいに自分に好意など欠片《かけら》も持っていなかったはずなのに。

「なぜか……ですか？」

しかし、エリーゼは言う。

「そんなの決まっているじゃありませんか……アナタが私を愛してくれたからですよ」

■■

エリーゼ・ヘンダーソンは生まれた時から『道具』だった。

実の母は一介《いっかい》の下級貴族の一人だったが、容姿だけは優《すぐ》れていたため権力と財欲《ほ》しさに王に取り入って自分を産んだ。

母親にとって自分は王族として財と権力を得て、派手で豪華《ごうか》な暮らしをするための道具でしかなく、それ以上の関心を持たれなかった。

エリーゼが流行《はや》り病にかかって苦しもうが、母親の心配事はエリーゼの体のことではなく、娘《むすめ》がいなくなれば宮廷《きゅうてい》から追い出され贅沢《ぜいたく》な暮らしができなくなる。そのことだけだった。

そんな風に育てられ、そんな親の背中を見て育ってきたから、エリーゼにとっては他人を道具として見るのは当たり前のことだった。

自分にとって使える人間は使える限り使い潰し、使えないものは排除《はいじょ》する。

……そして、あの日。

自分が使い潰したはずのデレクが帰ってきた日に、自分はそういう利用のし合いで敗れたのだ。
あとは道具として使いつぶされる。
そういう運命になるはずだった。
しかし。
この人は。
『俺の道具を傷つけるとはいい度胸だなクソが!!』
戦いの中でエリーゼが傷つけられれば怒り。
『道具にはメンテナンスが必要だ。大人しくしてろ』
エリーゼが体調を崩せば良くなるまで自ら看病して寄り添《そ》ってくれた。
『ははは、でかしたぞ。お前は最高の道具だな』

子供を産んだ時には、初めて会った頃を思い出すような無垢《むく》な笑顔を見せた。

それは、間《ま》違《ちが》いなく道具扱《あつか》いなどではなく……。

■■

エリーゼはデレクの手をとって言う。

「ずっと一緒《いっしょ》にいたのだから、分かりますよ……アナタは周囲からそういう目で見られたから悪人になっただけで、本当は優しい人です……」

「違う、違うぞ!!　俺は悪人でお前を道具として」

しかし、エリーゼは首を横に振ってデレクの言葉を否定する。

「いえ、アナタが何と言おうと、アナタは私を愛してくれました。あんな仕打ちをした私を。ありがとうございます……」

そう言って、笑った。

出会った頃に向けられた作り物の騙《だま》すための笑顔でもなく、『洗脳』により強制的に作らされた笑顔でもなく、本当に心からの笑顔をデレクに向けて。

「私も……アナタを愛しています……」

その言葉を最後にエリーゼは目を閉じた。

呼吸が止まり、体が冷たくなっていく。

「エリーゼ!!」

デレクの……『追放されし暗黒僧侶《そうりょ》』の瞳《ひとみ》から大粒《おおつぶ》の涙《なみだ》がとめどなく溢れ出る。

エリーゼから言われていた、ずっと、心に突き刺《さ》さっていた言葉。

『……気持ち悪い。アンタなんか誰も好きにならないわよ』

……やっと、それを見つけたのに。

ずっと諦めていたそれが、目の前にあったことに気づけたのに。

「なんでだ……なんで今更《いまさら》……そういうのは二十五年前に言ってくれよ。そしたら俺は、俺はぁ!!」

□□

一方。

「ぐっ……」

デレクの剣が直撃《ちょくげき》し、袈裟《けさ》に肉を切り裂《さ》かれたマスター・ユニコーンはその傷口に手を当ててふらつきながら立っていた。

端的《たんてき》に言って、こちらも致命傷《ちめいしょう》だった。

傷自体は死ぬようなものではないが、デレクの毒が回っている。

マスター・ユニコーンは無限のスタミナを持っているだけで、体の強さは十代の人間の少女と大差ないのだ。

ただの少女があの強烈な毒をくらえばどうなるかなど考えるまでもないだろう。

薄《うす》れていく意識の中で、マスター・ユニコーンは自分を倒した者たちの姿を見る。

洗脳を解かれても夫を守った女と、その女を抱きかかえて泣きじゃくる男。

どちらもマスター・ユニコーンから見れば問題にならないほどに弱い。一万回戦って一万回勝つと断言できるほどに力の差はある。

だが、確かに。彼《かれ》らは自分を打ち破ったのだ。

(……ああ。そうか……あれは、確か人間の言葉で『愛』と呼ぶもの)

師の言葉が頭に浮かぶ。

『もしもお前を倒せる者がいるとすれば、それは単純な強さではない『何か』を持っているものになるだろう』

（あれが……わたしを倒す『何か』だったのか……）

力こそ全てであり、基本的に寿命《じゅみょう》を持たない魔族《まぞく》には存在しえないモノ。

（ベルゼビュート……アナタの言う通り、人間というのは面白《おもしろ》い存在だ……）

マスター・ユニコーンはそのことを理解し、少し嬉《うれ》し気《げ》な笑みを浮かべながら消滅《しょうめつ》していったのだった。

第三話　『魔王《まおう》』VS『光の勇者』

　ついに始まった『光の勇者』アランと『魔王《まおう》』ベルゼビュートの戦い。

　アランは地面を強く蹴《け》り、ベルゼビュートに向かって剣を構えて駆《か》け出す。

　磨《みが》き抜かれ洗練された足捌《さば》きによって、一歩一歩がまるで重力を無視したかのように体を加速させる。

　そしてその速度を乗せて一撃。

　ガチン!!　と。

　ベルゼビュートの剣に容易《たやす》く弾かれる。

「ははは、相変わらず芯《しん》の通った良い打ち込《こ》みだな勇者よ!!　しかしそれでは仮に剣で受け止めなかったとしてもダメージは与《あた》えられないぞ」

「その通りだな」

　アランは弾き飛ばされた勢いを殺さずに受けることで距離《きょり》をとりつつ、空中で一回転して姿勢を整えた。

ベルゼビュートの体を見る。

そこには膨大《ぼうだい》で超高密度《ちょうこうみつど》の魔力《まりょく》が溢れ出していた。

おそらくだが、この無意識に垂れ流している魔力による魔《ま》法防御《ほうぼうぎょ》だけで、通常の物理攻《こう》撃《げき》などほとんど通ることはあるまい。

ドーラ並みの桁違《けたちが》いの腕力《わんりょく》でもあれば別だが……。

「ならば!!」

アランは自らの体の中で開発した魔力の回路を稼働《かどう》する。

目の前で魔人《まじん》族の魔力を感じ取っていないと起動しないという条件付きで前回使用した時は、鈍《なま》り切っていて起動に時間がかかった。

しかし今回は回路が目の前の圧倒的すぎる魔人族の魔力の塊《かたまり》に即座《そくざ》に反応した。

カアッ!!

と眩《まばゆ》い光がアランの全身から溢れ出す。

「ふふふ、そうだ。『光の魔力』!! それとやりたかった!!」

対魔人族特攻《とっこう》、数十倍の相性《あいしょう》有利、触《ふ》れた瞬間《しゅんかん》魔人《まじん》族の魔力を消滅させる性質。

魔人族を焼き殺す破壊の光を前にベルゼビュートはむしろ歓喜《かんき》する。

アランが先ほどと同じく剣を振るった。

違いはその剣にまとった眩《まばゆ》く輝《かがや》く魔力。

ベルゼビュートも今度は剣に濃密《のうみつ》な黒い魔力を纏《まと》わせて迎《むか》え撃《う》つ。

光と闇《やみ》が激突《げきとつ》した。

ぶつかり合って、周囲に撒《ま》き散らされた『光の魔力』とそれに真っ向から撃ち合うことのできるベルゼビュートの超高密度の魔力が周囲に撒き散らされ、最初の激突とは比べものにならないほど周囲を破壊する。

ベルゼビュートは笑う。

「ハハハハハ!! やはり場所を変えてよかった。かつて貴様に敗れたものとして、全力の貴様を倒《たお》さねばな!!」

ベルゼビュートも全身から凄まじい魔力を溢れ出させる。

先ほどまででも十分に凄かったが、それですらお遊びだったと感じさせるレベルの膨大すぎる魔力。存在するだけで空間が歪《ゆが》むほどである。

こちらも『光の魔力』を繰り出した。

いよいよ本気ということだろう。

「では始めよう勇者よ!! 今度は余が挑戦者《ちょうせんしゃ》として!! 二十五年前のあの戦いをもう一度!!」

□□

「アラン様……」

戦いの場から離れた場所で、ロゼッタはアランの戦いを見ていた。

この場所からでも強烈《きょうれつ》な余波で立っているのがやっとなほどの戦いである。

自分がいたところで。自分が勝利を願った程度で何が変わるわけでもないことは分かっている。

だけど自分にできるのは祈《いの》ることだけ。

そして戦いに勝利したアランの体を、医療魔法《いりょうまほう》ですぐに癒すことだけだ。

「アラン様……信じています」

ロゼッタはそう呟《つぶや》いた。

□□

アランとベルゼビュートの撃ち合いは、すでに五十手以上にも及《およ》んだ。

『光の魔力』を発動し、対『魔王』であってもアランの戦闘スタイルは、根本的には変わらない。

オーソドックス、基本的、しかしそれらを圧倒的な練度で。

スタンダードワープ、スタンダードミラージュ、スタンダードバリア。

こういった無属性の基礎《きそ》中の基礎魔法《きそまほう》を絶妙なタイミングと使い方で駆使《くし》しながら、極限の戦いを繰り返す中で身につけた究極の剣技で敵を切り裂く。

体力・魔力は全盛期《ぜんせいき》から落ちたとはいえ、戦闘技術は今も健在。もはやそれは、戦闘教本に書かれた理想がそのまま動いていると言っていい。

しかし。

さすがに相手は『魔王』、それだけで簡単にやられてくれるわけではない。

各種基礎魔法によるフェイントや防御をしっかりと見切り、達人として究極の域にいると言っていいアランの剣さばきに見事についていくベルゼビュート。

（……『万能生命《アルティメットジーニス》』か。相変わらずまさに『反則』能力だな）

ベルゼビュートの二つの『反則能力』。

一つは『妖精の目《フェアリーサイト》』。額の第三の目で敵の能力を丸裸《まるはだか》にするサーチ能力だが、こちらは前回の戦いでアランの手の内は知っているのであまり意味がない。

問題は二つ目の『万能生命』。

こちらはアランの『光の魔力』やデレクの『洗脳』といった固有のものを除き、生まれながらにほぼ全ての魔法と全ての技術を最高レベルで使いこなすことができるというものである。

(前回の戦いもそうだった……ベルゼビュートは俺が命懸《いのちが》けで磨きあげた剣に対し、生まれもった剣さばきだけで渡り合ってきた)

そしてそれは今回も同じ。

アランの技術の粋《すい》を結集した数々の攻撃を見事に捌いてくるのである。

……だが。

アランは『あること』を感じとっていた。

(違う……これは、前回とは違う!!)

「はあ!!」

「ぐっ!!」

アランの攻撃を捌きつつ、返しで放ったベルゼビュートの剣が頬《ほお》を掠《かす》める。

さらに透《す》かさず、ベルゼビュートがこちらに指を向ける。

「赤色魔法、四十番!!」

ゴオオオオオオオオオオオオオオオオオオオ!!

と凄《すさ》まじい勢いで襲《おそ》いかかる猛獣《もうじゅう》の形をした巨大《きょだい》な炎《ほのお》。

「ふん!!」

アランはそれに真っ向から『光の魔力』をぶつける。

『光の魔力』は魔人族の魔力に対して数十倍の相性有利を持つ。

しかも普段《ふだん》のアランと違い属性魔法を使用していることによって、アラン自身の魔力も出力も十分に向上している状態だ。

本来、真っ向からぶつかり合えば全く問題なくアランの魔力はベルゼビュートの魔法を打ち消すはずである。

しかし。

「……ぐっ!!」

(……なんて魔力の密度だ。打ち消しきれない)

正確には打ち消せなくはないが、かなりの魔力を消費することになる。

『光の魔力』を使用したからといって、ノーマンのように湯水のように使ってもお釣《つ》りがくるような魔力量を有しているわけではない。

そのためアランは『光の魔力』を纏った剣《けん》を横に滑《すべ》らせ、ベルゼビュートの魔法の軌道《きどう》を逸《そ》らした。

軌道が逸れた炎の猛獣はアランの右横を通り過ぎる。

そして数キロ離れた地面にぶつかると。

ドゴオオオオオオオオオオオオオオオオオオオオオオオ!!

と、100m以上の火柱をあげて大爆発《だいばくはつ》を引き起こした。

「かなり減衰《げんすい》してるはずなのになんて威力《いりょく》だ……」

冷《ひ》や汗《あせ》を流すアラン。

そして違和感《いわかん》は確信に変わる。

(確かにベルゼビュートは前回も強かった。俺が戦った魔人族の中では、桁違いに最強だった)

だが……いくらなんでもここまでではなかったはずだ。

前回の戦い、剣術《けんじゅつ》や体術の勝負では自分の方が僅《わず》かに上回っていたはずだし、魔力同士のぶつかり合いでも『光の魔力』の相性有利によって大半の攻撃を打ち消すことができた。

しかし今回は、なんと前回よりも体術も魔法も全てワンランク磨き上げられているのである。

生来の『万能生命』によって全ての戦いをねじ伏《ふ》せてきたはずの『魔王』がである。

それはつまり……。

「ふふ、気付いたか？」

ベルゼビュートは『アラン以上の』洗練された合理的な足捌きで一瞬《いっしゅん》にして接近してくる。

「はあ!!」

そして、これも『アラン以上に』理にかなった完璧《かんぺき》に刃筋《はすじ》の通った打ち込みを次々に繰《く》り出す。

「ぐっ!!」

アランはその思わず見惚《みと》れるレベルの凄まじい剣撃を、捌くので精一杯《せいいっぱい》だった。

「前回の戦い。余は貴様に初めて敗れた」

ベルゼビュートは言う。

「その時どうして才能の無い貴様がそこまで強くなれたかを聞いた余に貴様は言ったな。

あの言葉、今でも覚えているぞ」

■■

すべてが退屈《たいくつ》だった。

『魔王』ベルゼビュートの魔人族としての人生を一言で言うならそう表現するしかなかった。

魔界《まかい》最大の貴族『魔王城』の貴族の血筋に産まれ、『万能生命』という最強万能のスキルを生まれもっていた。

跡継《あとつ》ぎ争いの殺し合いも何一つ努力せずに一瞬で片づけてしまった。

生まれつき何でもできる。

全てを持っている。

（……少しは楽しめるかと思って人界に攻《せ》め入ったりしてみたが、百年経《た》っても『魔王城』の王座にたどり着くことができる人間すらいない）

ベルゼビュートは自らのゲートで人間界に出現させた『魔王城』玉座に座《すわ》り、嫌気《いやけ》がさすほどの退屈な時を過ごしていた。

そんなある日、七人の人間たちの活躍《かつやく》で魔王軍が押《お》され始めたと聞いた。

部下たちは慌《あわ》てていたが、ベルゼビュートはすでにこの侵略《しんりゃく》戦争にも飽《あ》きていた。どうせ自分が少し本気で戦えばすぐに終わってしまう。

そう思っていた時。

一人の人間が魔王の間までやってきた。

「ようやくここまで来たぞ『魔王』」

若い男だった。初めての玉座への来訪者。

ここにくるまでに配備していた部下たちを倒してきたのだろう。

「……ふむ」

ベルゼビュートのもう一つの能力『妖精の目』でその男の素質を見ると。

(……なんだ、この雑魚《ざこ》は?)

あまりにも話にならない。元々弱いものが多い人間の中でも最低クラスのポテンシャルだった。

少しは期待したのだが、はっきり言って損をしたと言わざるをえない。

しかし、挑戦者は傷ついた体で剣を構えながら言う。

「お前を倒すために、全てを捧《ささ》げてここまで来た。かかってこい魔王!!」

「万感《ばんかん》の想《おも》いで盛り上がっているところ悪いが……お前、瞬殺《しゅんさつ》だぞ?」

そうして戦いが始まった。

……そして。

「ぐっあ……」

ベルゼビュートは敗れた。

『光の魔力』を纏った剣に深々と切り刻まれ、体が内部から消滅させられる激痛が駆け巡《めぐ》る。

「なぜだ……こんな程度の才しか持たぬものに者になぜ……？」

『妖精の目』の敵のポテンシャルを見る能力は絶対だ。

目の前の男の才は最悪レベル、自分とは比較《ひかく》にすらならないほどの出来損《そこ》ないだというのに……。

しかし、目の前の男は言う。

「努力したからに決まってるだろ。人間は成長するんだよ」

堂々と、雄々《おお》しく、決意と確信に満ちた表情で。

「人間……」

なんと奇妙《きみよう》な生き物か。

寿命のある脆《もろ》い体、貧弱《ひんじやく》な魔力、でありながらなぜこうもしぶとく強いのか。

自分は生まれながらに全てを持っていると思っていた。

だが、この男は持っているのだ……私に無いものを。

その源が努力というのであれば……。

もしも、次の機会があったとするなら……。

■■

「そう!!　だから!!　貴様と再戦するにあたり、余もしてきたぞ!!」

ベルゼビュートは右手をアランの方に向け魔法《まほう》を放ちながら言う。

「『努力』というやつをな!!　黒色魔法三十八番!!」

『光の魔力』を発動したアランとベルゼビュートは、現在空中に浮《う》いたまま戦っている。

そこに、ドン!!　と地面から黒い魔力エネルギーが噴《ふ》き上がりアランに襲いかかった。

（……ぐっ!!　これも打ち消し切るのは割に合わなすぎる!!）

アランは『光の魔力』で自分の体の分だけ防御しつつ、噴き上がる黒い魔力から抜け出す。

（前回までのベルゼビュートは魔力の出力、操作能力が高かったが……今はそれ以上に洗練度が高い!!）

一つ一つの魔法を微細《びさい》なところまで磨いていることで魔法のエネルギーに無駄《むだ》がないのだ。

それは剣術も同じ。

「はあ!!」

「ぐっ!!」

力と生来の器用さ任せだった、前回とはレベルが違《ちが》う。

練り上げられた剣術を次々に叩《たた》きこんでくる。

こんなものを実現するのは……確かに生まれ持ったものだけでは足りないだろう。

ベルゼビュートはこの二十五年間、本当に努力をしてきたのだ。

自分を破った『勇者』を倒すために。

かつてアランがそうだったように。

それにより、元々生まれつき最高レベルで体術・魔法を使えていたものが、更《さら》にパワーアップし「最高レベル」でなく、「本当に最高の」体術・魔法になってしまっていた。

すべてが最強。

もはや、アランがステータス的に上回っているものなど一つもない。

ここまで実力差が出てしまうと、光の魔力の優位性も焼け石に水であった。

「黒色魔法四十九番……」

ベルゼビュートの体でさらに膨大な魔力が練り上げられる。

しかし出力に任せた力技ではなく、まるで芸術家が絵画を書き上げるが如く繊細《せんさい》に計算されて組み上げられる魔法。もはやその技術はノーマンすら遥かに上回っている。

「『イビルツリー・ブラックユグドラシル』!!」

そして発動する大魔法。

地面を突《つ》き破《やぶ》り、巨大な黒い大木が地面から出現する。

30mを超《こ》える黒い大木はまるで濁流《だくりゅう》のごとく先端《せんたん》の尖《とが》った枝を伸《の》ばしていく。

何千本もの黒い槍《やり》がアランに襲いかかる。

(……くっ!! 捌ききれない!?)

こうなれば仕方ない。

「はあ!!」

アランは『光の魔力』を大量に放出し、漆黒《しっこく》の槍衾《やりぶすま》を迎え撃つ。

消耗覚悟《しょうもうかくご》の迎撃《げいげき》だったがしかし……。

「……ぐっ!!」

莫大《ばくだい》な魔力と操作能力の高さ、そしてそこに努力による研鑽《けんさん》と練磨《れんま》も加わったベルゼビュートの魔法はそれでも打ち消しきれなかった。

ドゴオオオオオオオオオオオオオオオ!!

と黒い濁流がアランを飲《の》み込み、地面に激突して爆風《ばくふう》を巻き起こした。

□□

（必然だな……これは必然）

まるで巨大な爆弾《ばくだん》でも落ちたのかと言わんばかりのキノコのような形の爆煙《ばくえん》を見ながら『魔王』ベルゼビュートは思う。

「……余は圧倒的《あっとうてき》な才能に努力を上乗せし、全てにおいて頂点の魔法《まほう》と技術に至った」

それは自惚《うぬぼ》れではなく客観的な事実である。

「もはや年齢《ねんれい》で衰《おとろ》えた貴様となど、比ぶべくもないほどのスペックの差だ」

それもまた客観的な事実。

アランが今のベルゼビュートに勝っているものなど何一つ無い。

特効持ちの『光の魔力』ですら洗練された超高密度《ちょうこうみつど》消耗《しょうもう》出力の魔界《まかい》魔法の前では、力負けしてしまっている。

だが……。

「なのになぜ……貴様はまだそうして立っている？」

「……はあ……はあ……はあ」

煙《けむり》が晴れると、そこにアランは立っていた。

完全に超越者《ちょうえつしゃ》と化したベルゼビュートともうそれなりに長い時間戦っている。

それでもボロボロになり、肩《かた》で息をしながらもまだアランは立っているのだ。

（……本来ならあっという間に勝負がついてしまってもおかしくない、むしろそうなる方が自然なはずだ）

だが、目の前の男は立っている。

ボロボロになりながらも、衰えた体で、こうして実際にまだ自分の前に立ちはだかっているのだ。

「……なあ、ベルゼビュート……血反吐《ちへど》を吐《は》くまで、剣を振《ふ》ったことはあるか？」

アランは荒《あら》く息を吐きながらそんなことを言ってくる。

「……気絶するまで走りこんだことはあるか？」

間違いなく老いた体。全盛期からは程遠《ほどとお》い肉体。

「絶対に勝てないだろって相手に挑《いど》んで、死にかけたことは何度ある？」

「……」

ベルゼビュートは答えなかった。

ただ黙《だま》って目に焼き付けるかのようにその姿を見つめる。

「哀《あわ》れだな。お前は初めから天才過ぎて、一定以上自分を追い込めない」

アランが空いている左手を握《にぎ》る。

次の瞬間《しゅんかん》、そこにもう一本、輝く光の剣が現れた。

光り輝く魔力を全身に纏い、右手にこの世界の王から賜《たまわ》った宝剣《ほうけん》、左手には自らの魔力で生み出した光の剣。

背筋を伸ばして堂々と立つその姿は、まさしく『光の勇者』。

「見せてやる。お前は知ることができない。極限の極限まで自分を追い込んだ『本当の努力』の先にあるものを……」

そして『勇者』は堂々と宣言する。


「見せてやる!!　人間が持つ『意志の力』というものを!!　かかってこい『魔王』!!」


(……おお)

その瞳には光が宿っていた。

体は老いても、ボロボロになっても二十五年前と変わらぬ不屈《ふくつ》の光。

圧倒的に不利な状況《じょうきょう》なのに、絶望的と言っていいほどに相手の方が強いというのに。

知ったことか、勝つのは俺だ、絶対に勝つという太陽の如き勇気と決意。

それを見たベルゼビュートは……。

「素晴《すば》らしい……」

歓喜した。

……どうしてこれが歓喜せずにいられれようか？

「それでこそ、余が挑戦者となる価値のある男だあああああああああああああ!!」

ベルゼビュートは叫《さけ》びと共にアランに向かって、空中を蹴って駆け出した。

□□

ベルゼビュートは冷めていた。

初めから全てを持っていることに、全てが思い通りになってしまうこの世界に。

そんな自分が始めて喫《きっ》した敗北、しかもその相手はあろうことか、か弱い人間。

自分とは素質で言えば比べ物にすらならない男。

その瞬間。

産まれて初めてベルゼビュートの心に「熱」が宿った。

この男を倒したい。

この弱くて強い摩訶不思議《まかふしぎ》な男に再び挑み、今度こそ勝利を掴《つか》みたいと!!

その機会は奇跡的《きせきてき》にこうして訪《おとず》れた。

ならば、血潮を滾《たぎ》らせ挑むのみ!!

絶対王者としてではなく、今度は挑戦者として!!

ああ、心が躍《おど》る!!


ベルゼビュートは全身全霊《ぜんしんぜんれい》を込め、疲労困憊《ひろうこんぱい》のアランに猛攻《もうこう》を仕掛《しか》ける。

「はあああああああああああああああああああ!!」

才能に研鑽《けんさん》を上乗せした剣撃の数々、もはや一つ一つが大魔法のレベルに昇華《しょうか》した魔法の数々。

虫の息の獲物《えもの》に念入りにトドメを刺すかの如く、余すことなく目の前の男に叩《たた》きつける。

一撃一撃《いちげきいちげき》で大気が悲鳴を上げ、大地が抉《えぐ》れ、あっという間に地図の書き換《か》えが必要になるほどの猛攻撃《もうこうげき》。

だが。

「おお!!」

気合いの咆哮《ほうこう》と共にアランはそれを受けきる。

絶体絶命必殺の攻撃の数々を、躱《かわ》し、受け流し、時には真っ向から弾《はじ》き飛ばし。

先ほどまで防戦一方だったはずの圧倒的なスペックの差に、知ったことかと猛然《もうぜん》と立ち向かってくる。

それどころか。

「おおおおおおおおおおおおおおおおおおおお!!」

「ぐっ!?」

なんと、反撃《はんげき》までし始めた。

（なぜだ……？　やつの光の魔力の相性有利を考慮《こうりょ》しても、全てにおいて私が上回っているはずだ）

ベルゼビュートは攻防《こうぼう》を繰り広げながら驚嘆《きょうたん》する。

（魔力も技術も、何もかも……なのに）

「はあああああああああああああああああああ!!」

「ぐっあっ!!」

剣を受けた切り口から『光の魔力』が入り込み、激痛を生み出す。

(少しずつだが押し返される。攻防の中で死地にあえて飛び込んでくるのになぜか生き残ってくる、魔力を放出する瞬間の不自然な力の増強……そういう理屈《りくつ》では理解できないような『何か』が、確実に余を追い込んでくる)

アランの燃えるような意志力を宿した五体が躍動《やくどう》する。

気合いの咆哮《ほうこう》にすら、まるで質量があるかの如くこちらの勢いを押し返してくる。

それを見てベルゼビュートは改めて理解した。

(……なるほど、これが『意志の力』か!!)

自分には決して持てぬ力。

こういう極限の状況に身を置き続けることでしか獲得《かくとく》し得ないモノ。

勇気、気合い、根性《こんじょう》、決意、火事場の馬鹿力……そんな風に呼ばれる理外の力。

一度敗北し、努力をしたからと言っても、ベルゼビュートには物理的に持つことはできないだろう。

なぜなら所詮《しょせん》自分は「初めからの絶対強者」。極限の戦いをできる相手が、そもそも世界中を探したところで数える程もいないのだから。

人間という脆弱《ぜいじゃく》な生き物だからこそ、手に入れられる力。

それが再び、二十五年前と変わらず自分を追い込んでくる。

ああ……。

「素晴らしいぞ人間……お前はどれだけ私を熱くさせるのだ!!」

「おおお!!」

アランの猛《もう》ラッシュとベルゼビュートの剣がぶつかり合う。

何度も何度も。

ベルゼビュートの剣はもう何度もアランに命中している。

その一撃一撃は、アランの肉を抉り大ダメージを与えているはずだ。

しかし、この男は倒れない。

普通《ふつう》ならその一撃《いちげき》で気を失ってもおかしくないはずのダメージを何度も受けながらも、一切攻撃《いっさいこうげき》の手が緩《ゆる》むことはない。

それどころか攻撃をくらうたびに『意志の力』はさらに燃え上がり、アランの攻撃の勢いは増す。

それによってベルゼビュートもアランの剣を何度も受ける。

一撃一撃の威力自体は当然ベルゼビュートの方が上なのだが、アランの剣には『光の魔力』が宿っている。

一度切られれば体内に侵入《しんにゅう》し、猛毒《もうどく》のごとく魔人族を消滅させる作用が体の中で暴れ回る。

それを押さえ込むために凄まじい勢いでベルゼビュートの膨大な体力と魔力が削《けず》られていく。

まるでアランから放たれる魔力の粒子《りゅうし》一つ一つに「絶対に貴様を倒す」という、強烈な意志が宿っているかのようだった。

いや実際にそうなのだろう。

この『光の魔力』というものは、本当に魔人族にしかその特性が発動しないのだ。しかもアランは生来の属性魔法を持たなかったため、この魔法を一から開発したのだという。

つまりは、自分を倒し魔人族が『人界』から消えれば無用の長物となる。

だから本当にそのために。

生来の才など何一つ持たなかった男が、『魔王』を倒すためだけに、それさえできればなにもいらないと、全てを捧げた末に手に入れた力なのだ。

「……くくく、くははははははははははははははははは!!」

撃ち合いによって流血しながら、ベルゼビュートの口から漏《も》れるのは歓喜の笑い声。

なんと期待を裏切らない男かアラン・グレンジャー。

攻防の手を緩めずにベルゼビュートは言う。

「喜ぶがいい『勇者』よ。今、ロキを除く他の『真暗黒七星《しんあんこくしちしょう》』五体が破れたのが伝わってきたぞ」

「だがまだ貴様がいる。ここで倒す!!」

「そうだ!!　その強い意志を宿した瞳《ひとみ》だ!!」

アランだけではない。本体の能力だけ見れば、間違《まちが》いなく魔王軍が全勝していたはずの戦いを人間はこうして押しのけている。

二十五年前のように。

そして今、目の前の男も。

ベルゼビュートは賞賛と共に、身体中《からだじゅう》のほとんどの魔力を右手に集める。

「人間共よ……お前たちは何度も余の想像を上回ってくる。さあ、また上回って見せてくれ!!」

撃ち放つは魔界最強最大の魔法。

黒色魔法のラストナンバー。

ベルゼビュートが集積した魔力により巨大な黒い次元の歪みが出現。

もはや攻撃として放つ前から、大地や空気、光さえもその歪みに吸《す》い込《こ》まれる。


「黒色魔法最終五十番『ダークレギオン・カオスラグナロク』‼」


『魔王《まおう》』ベルゼビュート最強の一撃。

いや『魔界』における最強の一撃が放たれた。

漆黒の空間の歪みから現れるは七十二体の禍々《まがまが》しく巨大な悪魔《あくま》たち。

たった一体でも『神魔』に匹敵《ひってき》する魔力をもった怪物《かいぶつ》たちが一斉《いっせい》にアランに向けて襲いかかる。


対するアランも迎え撃つはもちろん『光の勇者』最強の一撃。

アランが左手に持つ光の剣が天まで昇《のぼ》るほどの輝きを放つ。

数々の魔人《まじん》族を屠《ほふ》ってきた、勇者の光。


「心光一閃《ブレイブライト・エクスカリバー》‼」

ドン!!

と、究極の闇と究極の光がぶつかり合った。

「はあああああああああああああ!!」

「おおおおおおおおおおおおおおお!!」

アランの『光の魔力《まりよく》』に打ち消す作用がなければ、いったいどれほどの被害《ひがい》が周囲に及んでいたのだろうと恐《おそ》ろしくなるほどの力のぶつかり合い。

しかし。

「ぐっ!!」

「はははははははははははは!! やはり、こういう真っ向勝負は余の方が上だなアラン・グレンジャー!!」

勢いは闇軍勢の方が圧倒的に優勢。

見る見るうちに七十二体の漆黒の悪魔たちが光を押し返していく。

当然だ。

スペックの差が相性《あいしょう》有利を遥《はる》かに上回っているのである。そんなことは初めから分かっていた。

だが、ベルゼビュートはこれで勝ったとは思わなかった。

（さあ……来い……!!）

むしろ、こんなことで負けてくれるなとすら思っている。

「……さあ!!　見せてみろ!!　『勇者』よ!!」

「おおお!!」


大気を揺《ゆ》らすアランの咆哮。

その瞬間、信じられないことが起きる。

なんとアランの光が勢いを増したのである。

全身から溢《あふ》れ出す凄まじい勢いの『光の魔力』。

ベルゼビュートが『妖精の目』で見た、アランの本来の出力限界を遥かに超えてしまっている。魔力は精神力に左右されるが、それを加味しても限界というものがあるはずなのだ。

『妖精の目』の能力を見る力は絶対だ。その限界を見誤ることは決してない。

ではなぜ？
なぜこの人間は本来出せないはずの力を出しているのか？
簡単な理由だろう、目の前の男は『勇者』なのだから。
（『勇気と決意』……精神力だけで魔力の限界を消し飛ばしたのだ……）
他に小賢《こざか》しい理由などありはしない。
ああ、なんと素晴らしい。
「はははははははははははははははははははははははははははははあ
あ!!」
ベルゼビュートは歓喜《かんき》の笑いと共に、さらに魔力を込める。
光と闇《やみ》はさらに強くぶつかり合い、凄まじい爆発《ばくはつ》を引き起こし周囲一帯を飲み込んだ。

■■

「はあ……はあ……」

アランに破れ、奇跡的に復活を果たしてから二十年後。

その日もベルゼビュートは『魔王城』の敷地《しきち》にある広間で剣を振っていた。

鍛錬《たんれん》の内容が容易《たやす》いものではないことは、『魔王』の全身に滴《したた》る滝《たき》のような汗と、剣を振った衝撃《しょうげき》で荒《あ》れ果てた周囲の状況を見れば伝わってくる。

「『魔王城』が自動再生する機能を有していなければ、大変なことになっていますぞい」

従者である単眼の老婆《ろうば》、グレハが背後から声をかけてきた。

「……ふう。まあ、そう言うな。半端《はんぱ》な鍛《きた》えで再戦を挑んでは、奴《やつ》に対する敬意を欠くことになるからな」

「しかし、驚《おどろ》きましたぞ。『魔王』ベルゼビュートたるものが、『人界』から帰ってきた途《と》端《たん》毎日のように剣を振って魔法を研鑽し努力の日々とは……臣下たちも驚いておりまする」

「ふっ、確かに楽なものではないからな」

そう。

日々努力。

毎日少しずつ強くなるために自分をいじめ抜《ぬ》く。

言葉にすれば簡単だが、決して楽なことではない。

というか辛《つら》いことばかりである。自分でやってみて、これをさらに濃《こ》い密度で生まれた時から続けたアランの奴には驚嘆を禁じえない。

「……ですが、楽しそうですぞ。ベルゼビュート様」

「そうだな……努力そのものが楽しいかは別として、この鍛錬の成果を発揮する時が楽しみなのは間違いない」

自分を倒《たお》したあの『勇者』との再戦。

そのことを思うと、日々に活力が宿る。

「昔の余がいれば教えてやりたい気分だ。『安心しろ、お前は絶対などではない』と。お前を打ち破り熱くさせる存在が『人界』にいるぞ……と」

くくく、と宿敵の姿を思い出し笑うベルゼビュート。

「……そうですか。では準備もしっかりと進めなくてはですな。『死霊《しりょう》の島』の貴族《ノーブル》、『邪《じゃ》骨《こつ》王』グレイブとのコンタクトが取れました」

「そうか……では早速《さっそく》、魔王軍への参加を要請《ようせい》しにいくとしよう」

ベルゼビュートはグレハを伴《ともな》って、移動の準備をする。

やるべきことは沢山《たくさん》ある。

魔王軍の再編成、全員を『神魔』で揃《そろ》える『真暗黒七星』のスカウト、そして何よりアランとの再戦に向けた自身の鍛錬。

だが間違いなく生まれながらの絶対的な力で魔王城に君臨し、全てを見下していた時よりも充実《じゅうじつ》している。

いや、むしろあの時は死んでいたと言った方がいいかもしれない。

今なら分かる。

熱量の無い生涯《しょうがい》など……死と同義だ。

「感謝するぞ『勇者』……今度は余がお前に挑もう。宿命の再戦はもうすぐだ!!」

『魔王』ベルゼビュートは、あの日、アランに破れた日からその生命が始まったのだ。

そう確信している。

■■

バコオオオオオオオオン!!

という音が二つ響《ひび》いた。

互《たが》いに必殺《ひっさつ》技を打ち合ったベルゼビュートとアランはそれぞれ反対方向に吹き飛び、岩《がん》盤《ばん》にクレーターを作るほどに叩きつけられたのである。

「くくく……」

ベルゼビュートは全身から血を流し、五体が満足に動かず、魔力もほとんど使い切ってしまっている。

そんな満身創痍《まんしんそうい》の状態にありながら……笑っていた。

（本当のところは……少しは心配したものだったのだがな……）

自分は強くなりすぎたのではないか？

反則的な才能の上に努力まで重ねてしまって、あの『勇者』でも勝負にならなくなってしまっているのではないか……と。

だが、こうして見事に自分は追い込まれている。

もちろん、自分が苦戦している以上にアランの方も苦戦を強《し》いられているのは間違いない。

今のぶつかり合いだって、いや、その前の撃《う》ち合いでも受けたダメージは圧倒的に相手の方が多いのだ。

だが。

「まだだ!!」

『勇者』は立ち上がる。

立ち上がって剣《けん》をとり、こちらに向けて空中を蹴《け》って切り掛《か》かってくる。

満身創痍のダメージなど知ったことかと、頼《たの》みの綱《つな》である『光の魔力』がもうほとんど残っていないことなど知ったことかと。

「そうだな!!　そうであろう!!」

ならば、こちらも寝《ね》てなどいられない。

一日千秋の想いで待った戦いが、今目の前にあるのだから!!

ベルゼビュートも立ち上がり、魔剣《まけん》を手にとってアランに応戦する。

空中で繰《く》り広げられる死力を尽《つ》くした撃ち合い。

「ぐっ!!」

「ぐあっ!!」

互いの剣が満身創痍の互いの体を切り刻んでいく。

お互いに魔力は先ほどの一撃で大半を使い切った。できることはせいぜい空中浮遊《ふゆう》と、剣や体に魔力を纏《まと》わせて強化することだけだ。

だからもう小細工は無し。

「はああああああああ!!」

鍛えた肉体、磨《みが》いた技術、そして目の前の相手を倒すという意志だけを頼《たよ》りに撃ち合う。

「おおおおおおおおお!!」

互いの渾身《こんしん》の一振《ひとふ》りがぶつかり合う。

そしてついに。

バキン!!

と、互いの剣が折れた。

撃ち合いの衝撃で互いに吹っ飛び、もはや空中浮遊する魔力もなくなってベルゼビュートとアランは盛大《せいだい》な水飛沫《みずしぶき》を上げて川に落下した。

「はあ……はあ……」

「ふう……ふう……はは……」

水滴《すいてき》と流血を滴らせながら、立ち上がる両者。

もちろん、戦いは終わらない。

「はあああああああ!!」

「おおおおおおおお!!」

魔法も使えず、剣は折れた、ならば最後は徒手空拳《としゅくうけん》での殴《なぐ》り合いだ。

拳《こぶし》が、蹴りが、肘《ひじ》打ちが、膝《ひざ》蹴りが、ぶちかましが。

二人の肉と肉がぶつかり合う音が山中に響き渡《わた》る。

「だが!!　当然!!　身体能力も余の方が上だあ!!」

叫びと共に、ベルゼビュートが拳を繰り出す。

「ぐお!!」

顔面と腹に深々と直撃《ちょくげき》し仰《の》け反《ぞ》るアラン。

「ははは、こうなると衰えは如実《にょじつ》に響いてくるなあ、勇者よ!!」

ベルゼビュートの容赦《ようしゃ》ない拳と蹴りが、全盛期《ぜんせいき》の過ぎたアランの体を吹っ飛ばす。

川に突っ込んで盛大に水しぶきを上げた。

そう。

アランの体は僅《わず》かに残った光の魔力を纏わせているため、しっかりとベルゼビュートの肉体にダメージを与《あた》えられるのだが、それでも馬力の差は明白。

むしろ徒手空拳での殴り合いという最も小細工の利かない攻防になったことで、衰えぬ肉体を持つ魔族《まぞく》とこの二十五年で衰えた人間との差がより如実に現れたと言っていい。

しかし。

「まだだ!!」

アランは気合いの一斉と共に立ち上がって、ベルゼビュートに一直線に突っ込んでくる。

「おおおおおおおおおおおおおおおおおおおおおおおおおおおおおお！！！！！」

気合と共にアランが猛ラッシュを繰り出す。

「ぐおお⁉」

（……『光の魔力』を僅かに纏っているとはいえ、所詮は衰えた体で満身創痍の中繰り出す打撃《だげき》にすぎないはずだ）

なのに一撃一撃に籠《こ》もった「理屈ではない何か」が、ベルゼビュートの体の芯《しん》を揺さぶる。

深くダメージが響いてくる。

「はははははははははははははは‼　いいぞ‼　そうだ‼　そう来なくては‼」

今度はベルゼビュートが反撃の猛ラッシュ。

あっという間にアランの攻撃《こうげき》を押《お》し返し、次々と拳を叩き込んでいく。

この二十五年間、宿敵を倒すために鍛え抜いた五体は、この状況においても力強く動く。

鍛え抜いた成果が、こうして宿敵を追い込んでいる。

あの努力の日々が身を結ぶこの感触《かんしょく》。

ああ、なんと素晴らしい。

あの絶対者としての退屈《たいくつ》な日々では、何億年生きようと味わうことのできない歓喜と充実感。

「血潮が熱い!!　余は今!!　生きている!!」

ベルゼビュートの蹴りが深く入り、大きく隙《すき》を作るアラン。

その瞬間を見逃《みのが》すベルゼビュートではない。

「はあああああああああああああああああああああああああ!!」

ここだ!!　ここでトドメを刺《さ》す!!

渾身の右ストレート。

渾身の左肘《ひだりひじ》。

渾身の右ハイキック。

渾身の左飛び膝蹴り。

ベキベキ、メキメキ、ブチブチとアランの骨や肉や内臓が破壊《はかい》される感触が、一撃一撃ごとに生々しく伝ってくる。

最後に渾身の右回し蹴り。

アランの体が砲弾《ほうだん》のように吹《ふ》っ飛んだ。

凄《すさ》まじい勢いで、まるで砲弾のような勢いで空中を数十メートル滑空《かっくう》し岩盤に激突《げきとつ》。

バコン!!　と先ほど必殺を打ち合った時と遜色《そんしょく》ないほどの巨大《きょだい》なクレーターを作る。

さらに激突の衝撃で岩盤がくすれた。
大量に落下してきた砂と岩がその上に降り注ぐ。
あっという間にアランはその岩の中に埋《う》もれてしまった。
「……はあ……はあ……はあ……っ」
攻撃をした方でありながら、肩で息をし倒れかけるベルゼビュート。
(……余の全身全霊、渾身の五連撃だ。これで……終わったか？)
しかし。

「まだだぁ!!」

アランはそれでも、落石の中から飛び出してベルゼビュートに突進《とっしん》していく。
全身の骨も筋肉も先ほどの五連撃で砕《くだ》けたはずなのに。
もはやなんで死んでいないのか不思議なほどに全身が壊《こわ》れているはずなのに。
まだこの男は倒れない。
まだ自分に向かってくる。
(素晴らしい……)

ベルゼビュートはその姿に最高の歓喜を噛《か》みしめる。

「素晴らしいぞおおおおおおおおおおおおおおおおおおおおおおおおおおお！！　アラン・グレンジャーアアアアアアアアアアアアアアアアアア！！」

歓喜と共に『魔王』は自らもアランに向けて走り出す。

だが、お互い体力的には最後の一撃だろう。

アランが残る『光の魔力』を拳に集約し拳を放つ。

ベルゼビュートも残る体力を振り絞《しぼ》り拳を放つ。

お互いの拳が交錯《こうさく》した。

最後のクロスカウンター。

その結果は……。

「ぐふっ……」

アランの拳は外れ。

「最高の戦いだったぞ……『勇者』よ」

ベルゼビュートの拳はアランの心臓を貫《つらぬ》いていた。

心臓は魔力と生命の源、これを破壊されれば戦闘継続《せんとうけいぞく》も生命維持《いじ》も不可能。

ドバドバとダムが決壊《けっかい》したかのように、溢れ出すアランの血液。

勝負はあった。
そしてアランの瞳は徐々《じょじょ》に色を失い……。

■■

『あれー？　団長、もうへばっちゃうんすか？』
生意気な声が聞こえた気がした。
アランが顔を上げると、暗闇《くらやみ》の中に忘れられないあの顔の少年が立っていた。
「……ウィリアム」
『そう!!　天才スーパールーキーのウィリアム・レイフィールドっす!!』
そう言ってドヤ顔をするウィリアム。
その自信満々で未来の自分への期待に満ち溢れた顔を見ていると……。
「すまん……俺《おれ》の判断ミスで、お前の未来を閉ざしてしまった……」
そんな言葉が自然と口から出てくる。
あの日からずっと後悔《こうかい》している。
自分の夢を叶《かな》え、今度はこれから夢を追う若者たちを守り育てようと、そう決めたはずなのに……。

しかし。

『はっはっはっ!!　まあ、しょうがないっすね!!　年取ると頭の回転も衰《おとろ》えるっていうっすからね!!』

自分の中の、この生意気な若者はそう言って笑い飛ばした。

「そうだな……最近、物覚えも悪くなったよ」

そう言ってアランも笑う。

『……んで、どうします?』

そして、若者はこちらの方を真《ま》っ直《す》ぐに見つめて言う。

『もう、ジジイだから休みますか?　別にいいんじゃないっすか?　ここまでやったなら、後は僕《ぼく》らみたいな若いのがなんとかするかもしれないっすよ?』

「……そうだな、そうかもしれない」

むしろそうなってくれたら、どんなに嬉《うれ》しいことか。

「……だが、もう少し頑張《がんば》ることにするよ」

アランはそう言った。

「後悔したくない。この人生では、前の人生と違《ちが》って後悔だけは残したくないんだ。だから最後まで足掻《あが》いて足掻いて、できるかどうかも分からないことをなんとかできるように頑張ってみるよ」

その言葉を聞くと。

ウィリアムは、少しだけ笑ってスッとその姿を消した。

「……感謝するよ、ウィリアム。ロートルに気合いを入れに来てくれて」

アランは姿の消えた若き情熱に、感謝の言葉を述べたのだった。

■■

「……いいや、まだだ!!」

ギラリとアランの瞳に光が宿った。

「!?」

ベルゼビュートが驚愕《きょうがく》の表情を浮《う》かべた。

アランの右腕《みぎうで》が、ベルゼビュートの後頭部を掴む。

そして渾身の頭突《ずつ》きをかます。

メシャリ!!

とお互いの頭蓋《ずがい》に損傷が入った鈍《にぶ》い音がする。それほどに躊躇《ちゅうちょ》のない全力の頭突きであった。

「ぐっ⁉」

「おおおおおおおおおお!!」

のけ反ったベルゼビュートに対し、アランは拳を握《にぎ》りしめる。

今度こそ本当に最後。

体に残る全ての力を振《ふ》り絞っての最後の一撃。

(……大丈夫《だいじょうぶ》だ。あの一撃に私を倒すほどの威力《いりょく》は無い)

ベルゼビュートは冷静にそう分析《ぶんせき》した。

アランの残りの体力があまりにも僅かで威力が出ないのもそうだが、何より心臓を潰《つぶ》されたアランは魔力が練れない。

こちらもかなり弱っているとはいえ、魔力無しの人間の拳では致命的《ちめいてき》なダメージなど受けようがない。

その時。

「おおお!!」

咆哮と共に、アランの拳が光った。

（ば、馬鹿な!!）

ベルゼビュートは目を見開く。

（『光の魔力』だと!!　ありえん!?　やつの心臓は潰れている。物理的に魔力を生成できるわけが）

そう思ったベルゼビュートの視界にアランの表情が映る。

そこに宿っていたのは……やはり凄まじいまでの強き意志。

勝利への執念《しゅうねん》、迸《ほとばし》るほどの決意、やはりそうとしか表現しようのないものが宿っていた。

「……なるほど」

ベルゼビュートは心から理解する。

魔力の発生源がもう壊れているなどと、なにをそんな……。

(この男の意志力を前に物理法則《そんなもの》など、不粋《ぶすい》であったか……)

光の魔力を纏った拳が、ベルゼビュートの心臓を貫いた。

□□

「ごっふっ⁉」

ベルゼビュートは心臓に風穴を開け地面に倒れる。

人間でいう心臓にあたる、核《かく》を完全に破壊された。

致命傷《ちめいしょう》だ。間違いなく致命傷。

「……は、ははは」

そして、倒れたまま視線を動かしてアランのほうを見た。

(心臓を貫かれても……貴様は倒れんのだな……)

アランはおびただしい出血をしながらも堂々と立ち、ベルゼビュートを見下ろしていた。

ああ素晴《すば》らしい宿敵、素晴らしきかな『意志の力』。

「……ならばこちらも、まだだ……」

そう言って立ち上がろうとするが……。

「……とはいかないようだな」

ベルゼビュートは立ち上がれなかった。

「体が動かん……『意志の力』……初めからの強者である余には……縁《えん》の無いものらしい」

そして自分を見下ろす宿敵に言う。

「見事だ、勇者よ。今回もお前の勝ちだ」

ベルゼビュートはそういうと、体に残っていた僅かな魔力を治癒魔法《ちゆまほう》に変換《へんかん》しアランの心臓に向けて放つ。

それにより、一時的にだがアランの出血は緩やかになった。

もちろん一時的なものであり、すぐに治療《ちりよう》をしなければならないのは変わらないのだが……。

「……なぜだ？」

アランが自分を治療した理由を問うてくる。

「……無論、余はまた……お前と戦いたいからだ」

そう。これで終わらせたくなどない。

敗れはしたが最高の気分だった。素晴らしい充実感だった。

次は……次こそは……。

「どれだけ時間がかかるか分からんが……もしまた余が復活したならば、貴様には生きていてもらわねばそれは叶わんからな」

「悪いがたぶんその時は俺死んでると思うぞ。人間には寿命《じゅみょう》があるからな」

アランはそう言うが。

「余はお前の意志力なら、それすら乗り越《こ》えると信じている」

ベルゼビュートは信頼《しんらい》を込めてそう言った。

寿命がなんだ。その程度のこと。

きっとこの男なら自分がもう一度『人界』を攻《せ》めれば、そんなものなど知ったことかと再び目の前に立ちはだかるに違いない。

そんな風に思う。

だが。

「違うぞ。魔王」

宿敵は言う。

「人間はいつか死ぬと知っているからこそ、強い意志を燃やせるんだ。俺は人よりもそのことを知っていた……ホントはただな……それだけの話なんだよ」

アランは遠い昔、まるで前世でも思い出すかのように遠く遠くを見つめてそう言った。

「……そうか」

深く頷《うなず》く。

「限りあるからこその、意志の輝《かがや》きか」

ベルゼビュートはそう呟《つぶや》く。

それこそまさに、不老不死の自分には、決して手に入れられない力。

(……生まれながらに全てを持っていた)

そして自分の持っていないものを持つ、人間という存在を見つけた。

最後に、自分が持っていない「それ」は、自分ではどう足掻いても手に入れられぬものだと知った。

だからこそ「それ」は眩《まぶ》しく、美しく、この世界のあらゆる物の中で一際輝《ひときわ》いて見える。

「……やはり、人間は素晴らしい……ッ!!」

ベルゼビュートは満足した顔になってそう言うと、灰になって消滅《しょうめつ》したのだった。

□□

「アラン様!!」

ベルゼビュートが消滅するとすぐにロゼッタが駆《か》けつけた。

「横になってください!!　すぐに治療します!!」

「……ああ、悪いな」

アランは横になってロゼッタの治療を受けながら、宿敵のことを思い浮かべて言う。

「ベルゼビュート……もし、また復活したのなら攻めてくるがいい」

そして第七王国の方角を、今若き戦士たちが戦っている方を見る。

「俺がいなくてもその時には、新たな若き光たちがお前を倒すだろうさ。これもまた、寿命があるからこそ……人は次の世代に想《おも》いと技術を託《たく》すのだから」

「アラン様!!　喋《しゃべ》ると傷が広がります!!　静かにしていてください!!」

「……ああ、すまん」

ロゼッタにそう怒《おこ》られて、アランは黙《だま》って体の力を抜き治療に身を任せることにしたのだった。

第四話　若き戦士たち　2

「……なんだよ。あんた唯一《ゆいいつ》戦えない『七英雄《しちえいゆう》』なんだろ？　危険だから後方に避難《ひなん》してた方がいいぞ」

場所は第七王国の最前線、状況《じょうきょう》は前の間に『不死身』のスキルを持った『神魔』。

そんな状況で『グレートシックス』のリーダー、グリフィスはわざわざ後方から出てきて、自分に話しかけてきたヨシダにそんなことを言った。

『七英雄』の一人に名を連ねておきながら戦えない奴が何の用だと侮《あなど》る気持ちが半分。だが、もう半分は純粋《じゅんすい》にヨシダの身を案じてのことだった。

先ほどの攻防《こうぼう》で、目の前の『真暗黒七星《しんあんこくしちしょう》』ロキの圧倒的《あっとうてき》な力は十分に思い知った。

一般人《いっぱんじん》程度か下手をするとそれ以下の戦闘《せんとう》能力しか持たないヨシダがいれば、争いの余波に巻き込《こ》まれただけで死んでしまう。

「うん。その通りだ。でも、一応後方支援《しえん》くらいはできる。協力させてくれないか？」

しかし、ヨシダはそんなことを言ってきた。

「協力たって……」

「僕の属性魔法《まほう》は『エーテル』。力は弱いけど、サポート魔法が得意だ」

そう言ってヨシダが手を広げると、そこに白い魔力《まりょく》がうっすらと浮かぶ。

言葉の通り『エーテル』属性の魔力であった。

「とりあえずは皆《み》んなの回復だね。『ヒーリングスノー』」

ヨシダがそう言うと、白い粒子《りゅうし》がダメージを負った『グレートシックス』たちに降り注ぐ。

「こ、これは……傷が……」

そして一番大きなダメージを受けたストロングは驚いて言う。

「ものすっっごく、ちょっとだけ塞《ふさ》がったぞ‼」

「ああ、本当に少しだけ楽になったな‼」

「正直、そんなに意味あるのかと言われると微妙《びみょう》なところだけど‼」

他のメンバーも口々にそう言った。

「……ヨシダさん……アンタ」

グリフィスも自分の傷を気持ち塞いでくれる白い魔力を浴びながら言う。

「……アンタ、そんなに魔法《まほう》上手《うま》くないな？　いや、テンプレ魔法じゃない魔法を使えるのはいいんだけど。これなら普通《ふつう》にテンプレのエーテル属性魔法の方が……」

「実はノーマンの開発したテンプレ魔法がなぜかあんまり上手《うま》く使えなくて……昔から使ってた詠唱抜《えいしょうぬ》きで使えるように調整した詠唱魔法ですはい」

そう言って頭を掻《か》くヨシダ。

「ええまあ、お恥《は》ずかしながら。エーテル魔法使《まほうつか》いとしても、平凡《へいぼん》以下と言いますか……まあそんなところです」

呆《あき》れた顔をするグリフィス。

「いや、本当に悪いこと言わないから、下がっててていいですって」

しかし。

「いやいや、そう言わずに」

ヨシダは引き下がらず協力をしようとする。

（……なんで、こんな頑固《がんこ》なんだよ。このオッサン）

気持ちはありがたいが、グリフィスは仮にも人類を守る英雄を目指して『人類防衛連合』に入ったのだ。目の前でみすみす誰《だれ》かが死ぬのを放っておくのは嫌《いや》である。

しかし。

「いいじゃん、借りようよ。猫《ねこ》の手でもさ」

そう言ったのはツインテールの少女、リーンである。

「おじさん、回復ありがとうね。もうちょっと魔力の練り方練習した方がいいと思うけど」

「いやあ……これでも、頑張ってるつもりなんだけどねえ」

「アタシもリーンに賛成だな。最前線に『エーテル』使いがいてくれるのはありがたい。本人は馬鹿みたいに危険だが……」

そう言って奇抜《きばつ》な格好をした長身の美女、ステファンも同意する。

「……まあ、危険なのは……はい。めちゃくちゃ怖《こわ》いですけどねえ」

見事に足元をガクガク震《ふる》わせるヨシダ。

その様子を見てグリフィスは思う。

（……ああ、まあでも。考えてみれば怖くてもこうして前に出てくるだけでも『人類防衛連合』の幹部連中よりは、百億倍マシだよな）

「分かった。じゃあサポート頼むぜヨシダさん」

「ま、まままま、任せといてよ」

頷きながら足を震わせるヨシダ。

「今更《いまさら》、ビビるのかよ⁉」

「お話は終わったかな？　ボーイズアンドガールズ」

　そう言ってロキがこちらに向けて歩いてくる。

『グレートシックス』たちもヨシダを少し後方に置いて、戦闘の態勢に入る。

「……しかし、どうするのよグリフィス？」

　褐色《かっしょく》のスタイルのいい少女『トップオブアビリティ』クリシュ・アルマートが尋《たず》ねてくる。

「相手はほとんどの能力がアタシたちの得意分野よりも上を行ってる。何より厄介《やっかい》なのが『不死身』の『反則能力』。あれを何とかしないと……」

「一応、ワタシは封印《ふういん》系の魔法も使えますが、とても『神魔』を封《ふう》じるに耐《た》えるものでは無いですからねえ」

　随一《ずいいち》の魔法操作能力を持つライネルがそう言った。

「……策はある」

　グリフィスがそう言った。

　能力的に六人の中で飛び抜《ぬ》けているわけではないグリフィスがリーダーを務めているのは、モチベーションや志の高さに加えてこの現場での判断力にある。

「正直、初めて組むヨシダさんの腕《うで》にかかっているところがあるんだが……」

そう言ってグリフィスは敵に聞かれないように、意思伝達魔法を使って作戦を全員に伝えた。

「ほうほう、これはまた連携《れんけい》が大変そうな作戦だねえ」

リーンは少し楽しそうにそう言った。

「だが、俺たちならやれる」

ストロングはその大きな手をグッと握りしめる。

「……ヨシダさん、やれますか？」

グリフィスが尋ねる。

この作戦、『グレートシックス』のメンバーはすでに勝手知ったる仲なのでいいのだが、問題はヨシダが作戦の通りに動けるかであった。

だが、ヨシダはすぐに言う。

「うん。これなら僕でもやれるよ」

「……」

「……どうしたの？」

「あいや、なんでも。じゃあ行くか!!」

グリフィスのその言葉と同時に、『グレートシックス』のメンバーたちは散り散りに駆け出していった。

□□

四方八方に散らばった、『グレートシックス』のメンバーたち。

「んー、さあさあ、どんな攻撃を見せてくれるんだい？」

ロキは楽しそうにグリフィスの方を見る。

「目にもの見せてやるぜ『神魔』‼」

まず最初に仕掛《しか》けたのはストロング。

「おおおおおおおおおおおおおおおおお‼」

その剛腕《ごうわん》で武器の巨大な鎖《くさり》付き鉄球を振り回し、ロキに叩《たた》きつける。

見ているだけで恐《おそ》ろしくなるような風切り音と共に迫《せま》り来る大重量の金属の塊《かたまり》に対して、ロキは少し残念そうに言う。

「おいおい、それはさっき通じなかったじゃねえか。悪くはねえがパワーは俺の方が上……」

そう言って鉄球を片手で受け止める。

しかし。

「む⁉」

ドン‼　と受け止めた体が少し押《お》される。

「なんだあ？　さっきよりもちょっと威力が上がってるじゃないのよ」

その理由は、少し目線を背後に送れば分かった。

「『パワーアシスト』‼」

ヨシダがパワー強化のエーテル魔法をストロングに使用しているのである。

「あのオッサンの強化はちょっとの強化だが、そもそもアンタと俺のパワーの差はドーラのバアさんほどじゃねえからな‼」

ストロングはもう一度鉄球を振りかぶる。

「少し上乗せすりゃ、戦えるって話だぜ」

ドゴン‼　と再び叩きつけられる鉄球。

「ぬう‼」

今度はロキは両手で受け止めるしかなかった。

「ははははは、いいじゃねえのベリーグッドじゃねえのよ。若人《わこうど》」

今回は力がかなり拮抗《きっこう》している。

しかし。

「でもまあ、まだ俺の方が上だぜ!!」

ロキが力を込めると、鉄球が少しずつ押し返される。

「ぐっ……」

ストロングも力を込めるがやはり、押し返し返すことはできない。

「ちっ……お前の言う通りさ。まだ俺の力は少し強化してもらっても『神魔』のお前には及《およ》ばない」

だが、とストロングはニヤリと笑う。

「……俺たちは一人じゃねえ」

「新風断《た》ち切れ、荒《あら》ぶる大地。太陽飲《の》み込め、砂状の積乱雲……」

ストロングの背後から、リーンが魔法を詠唱《えいしょう》。

しかし、これではストロングまで巻き込んでしまう。

……だが。

ふっ、とほとんど無音でストロングの体が目の前から消えた。

「ストロング……アンタもう少し痩《や》せなよ」

「俺のは筋肉だっつの!!」

『人類防衛連合』最速のステファンが、ストロングを抱《かか》えて行ったのである。

「『サンドブラスト』!!」

味方を巻き込む必要がなくなったリーンは、土属性の超 強力魔法《ちょうきょうりょくまほう》を放つ。

当然これにも。

「『アシストマジックパワー』!!」

僅《わず》かだが上乗せされるヨシダの補助。

「黒色魔法三十五番!!」

迫り来る砂嵐《すなあらし》に向かって、黒い魔力の渦《うず》を放つロキ。

魔法同士が激突する。

そしてこれも……力は拮抗。

いや、僅かにロキの魔法の方が威力は高い。

しかし……。

「アタシも魔法、結構使えるのよね!! 水属性魔法二十一番!!」

そう言ってクリシュが、リーンの魔法に自分の魔法を重ねる。

触《ふ》れたものに弱点を付与《ふよ》する固有のスキル『弱点付与《ウィークメーク》』を生かす役割を『グレートシッ

クス』の中では担《にな》っている彼女《かのじょ》だが、固有のスキルをコントロールする過程で身につけた魔法の腕はかなりのものである。

リーンの砂嵐に水分による重さが加わり、ロキの魔法を押し返した。

「マーベラス!!」

嬉しそうにしながら、砂の嵐《あらし》を受けるロキ。

「んー、悪くないぞお」

やはり魔力の防御《ぼうぎょ》など欠片《かけら》も使っていないため、ダメージを受けるロキ。

しかし、損傷した部分は見る見るうちに回復していく。

(やっぱり、『不死身』以前に、シンプルに頑丈《がんじょう》だな)

グリフィスは単純にそう思った。

魔法防御《まほうぼうぎょ》なしで、相乗効果付きのリーンとクリシュの魔法を直撃《ちょくげき》してもあのくらいの損傷なのだ。

普通の魔人《まじん》族が魔力での防御なしで受けたら、それこそ全身がグシャグシャになるレベルである。

頑健《がんけん》で不死身、そんな相手を倒《たお》すには果たしてどうすればいいか?

「さあさあ、こっちも張り切っちゃうぞー!!」

そう言ってロキは地面を蹴《け》ると、凄まじい速さでリーンとクリシュの前に現れる。

「お嬢《じょう》さんたち、魔法はなかなかだけど、パワーはどうかな？」

そう言って拳《こぶし》を振りかぶるロキに。

「おっと、させねえぜ!!」

ストロングが上から現れて立ちはだかり、ロキに拳を叩きつける。

ステファンに上空から落としてもらったのである。

「ぬう？」

少し吹っ飛ばされ仰《の》け反《ぞ》るロキ。

「今だ二人とも!!」

ストロングがそう言うと、リーンとクリシュが魔法をロキに叩き込む。

仰け反って無防備になっているところに攻撃《こうげき》をくらうロキ。

「……ふはは!!　いいねえいいねえ!!」

体を破壊されながらも、同時に再生しつつグリフィスたちに拍手《はくしゅ》を送るロキ。

「通じるようになったわね」

ステファンがグリフィスのところにやってきてそう言った。

「ああ、と言っても不死身の攻略《こうりゃく》にはまだなってないけどな」

（それにしても……）

　グリフィスはチラリと、ヨシダの方を見る。

（補助魔法を使うタイミングが絶妙《ぜつみょう》だ。魔法の効果自体は弱い方だけど、これだけ複数人が入り乱れる実際の戦闘で、必要な時にきっちり補助魔法をかけてくる）

　もちろん、そもそもの魔法能力が高いエーテル属性使いなら、初めから全員に強化を施《ほどこ》せばいいというだけの話である。

　だから働きとしては「並以下」なのは間違《まちが》いない。

　しかし、恐らく『絶滅戦争《ティタノマキア》』の時代を生き抜く中で身につけたであろうその技術は、こうして十分に自分たちを助けている。

（下がってろって言ったこと、あとでヨシダさんに謝んないとな……）

　さすがにアランと同格の英雄と認めるのは無理があるかもしれないが、ヨシダも十分に大戦を生き抜いた尊敬すべき先達である。

　そんな風に思った。

「そうかあ、なるほどお」

　ロキはヨシダの方を見て言う。

「……何を企《たくら》んでるか知らねえが、お前が要だなあ？」

そう言ってロキは地面を蹴り、ヨシダの方に向かって駆け出した。

「さあ、俺がそいつを狙《ねら》ったらどうするのかなあ？」

「させない!!」

そう言ってリーンが魔《ま》法攻撃《ほうこうげき》を放つが……。

「ひゃっはは!!」

直撃するのもお構いなしに突《つ》っ込んでいく。

当然ダメージを受けて体の一部は溶《と》けるのだが、どうせすぐに治るのだから知ったことではないということだろう。

そして補助魔法を使って無防備なヨシダにロキは襲《おそ》い掛《か》かり……。


「……かかったな」


グリフィスがそう言った。

ゴン!!　と、ロキが見えない何かにぶつかって弾《はじ》き返されたのである。

「なぬ？　これは……透明《とうめい》なバリアァ？」

「防御魔《ぼうぎょま》法《ほう》は設置型の方が複雑で強力なものが作りやすいんだよ」

もちろん、ロキなら壊《こわ》せない強度ではないが急に目の前に現れて突き破《やぶ》って突破《とっぱ》できるものではさすがにない。

「隙《すき》あり」

そしてステファンがいつの間にか、クリシュを抱えてロキの背後に立っていた。

クリシュがロキの背中を触《さわ》る。

「『弱点付与』炎《ほのお》属性」

クリシュの血液が触れた部分に炎のマークが浮かび上がる。

「むん!!」

ロキが振り向きざまに裏拳《うらけん》を放つが、ステファンの高速移動ですぐに離脱《りだつ》する。

そして。

「……準備完了《かんりょう》です」

そう言ったのは、魔法操作の達人ライネル。

それを聞いてグリフィスは頷き地面に手をついて魔法を発動する。

「オニオンシェル!!」

薄《うす》いバリアを何重にも重ねる防御魔法で、自分たちではなくロキの方を球体状に囲んだのである。

そして、ライネルがグリフィスのバリアに触れる。

するとバリアの色に光沢《こうたく》がついた。

「反射加工です。バリアに魔法を反射する性質を加えました」

「なんだあ？　俺《おれ》を守ってくれるのかあ？」

ロキがそう言って笑うが。

「ばーか、今から地獄《じごく》見ることになるぜ」

ストロングはそう言うと。

「俺は補助系の魔法得意じゃねえが、基礎魔法《きそまほう》くらいは使えるぜ。『スタンダードゲート』!!」

ストロングが使用したのは、１ｍ先に繋《つな》がる一方通行の小さなワープホールを作る魔法。

本来、戦闘ではほぼ使い道のない魔法であるが……相手がバリアに囲まれた状況であれば話は別だ。

バリアの内側に魔法を叩き込むことを可能にするのである。

「……おいおい、まさか」

ようやくこちらの狙いに気づいたらしいロキ。

「終焉《しゅうえん》の業火《ごうか》、原罪余さず浄化《じょうか》せよ」

リーンが自分の持っている杖《つえ》の先を、そのワープホールに向ける。

「『フレイムトルネード!!』」

そして放たれる炎魔法《ほのおまほう》。

ワープホールを通りバリアの中へ。

「おおお!!」

炎が入ったバリアの中は一瞬《いっしゅん》で地獄と化した。

なにせバリアが炎と熱を余すところなく反射し、内部の温度を際限なく上昇《じょうしょう》させていくのである。

しかも先ほど炎系統に弱点を付与されたのだ。

いくら素の頑丈さが異常に高い『神魔』でも平気でいられるわけがない。

当然そうなればバリアも溶けるのだが、『オニオンシェル』は内側のバリアが壊れるたびに次々と外から新しいバリアが生み出されていく。

「不死身のスキルって言ったけどよ。そんなものは本当はない。なぜなら『どんなスキルだって使う時には魔力を消費する』からな。つまり、魔力が切れるまで殺し続ければお前は死ぬ」

　グリフィスは言う。

「ちなみに言っとくけど……俺とリーンはこの数ヶ月徹底的《てっていてき》に魔力の量を鍛《きた》えてきたし、魔力補充用《まりょくほじゅう》のポーションもたんまり用意してるぜ？　さあ、どっちの魔力が先に切れるか比べようじゃねえか」

「おおおおおおおおおおおおおおお!!」

　再生してもすぐに体を熱に融解《ゆうかい》され、再び再生し溶かされを繰《く》り返すロキ。

「熱い、熱い、熱い、熱い、熱い、熱いいいいいいいいいいいいいいいひっひっひっ!!」

　しかし、ロキは笑っていた。

　全身を焼き焦《こ》がされながら。

「いいぞおおおおおおおおおおお、そのままあああああああああ!!　俺を殺してくれえええええええええええ!!」

■■

マシンゴーレムがベースの『神魔』ロキ。

彼《かれ》が生まれたのは、他のマシンゴーレムと同じ、魔界《まかい》にあるマシンゴーレムの生産ファクトリーであった。

量産される戦闘用のゴーレムの中で、イレギュラーで生まれてしまった存在である。

彼が異常だった点は三つ。

一つは本来『怪魔《かいま》』クラスのマシンゴーレムを生み出す場所なのに、『神魔』が生まれてしまったこと。

二つ目はいくら壊してもすぐに元の形に戻《もど》る体を持っていたこと。

そして三つ目は……。

（……あー、死にてえわー）

生まれた瞬間《しゅんかん》から、なぜかそんなことを思っていたということである。

とにもかくにも生まれた時から、死というものに魅《み》せられていた。

しかしそんな自分と生まれ持った『反則能力』の相性《あいしょう》は最悪であった。

でも死にたかったのでとにかく色々とやってみることにした。

ドラゴンの巣に寝転《ねころ》がって体を食わせてみたり。

凄《すさ》まじく高いところから飛び降りてみたり。
魔界一の破壊力《はかいりょく》を誇《ほこ》ると言われる魔法をくらってみたり。
ずっと息を止めてみたり。
でも死ねない。
絶対不死のありがた迷惑《めいわく》な『反則能力』は、何をしても結局元の状態に戻ってしまう。
そうして三十万年。
結局、ありとあらゆる手段を試《ため》したが死ぬことはできず。
（あー、無理か。さすがに無理だよなあ）
そんな風に思っていたある日。

ロキは「それ」を見た。

実はアデクと同じく、前回の大戦で自分を殺せる方法を探して、こっそり『人界』にきていたロキは「それ」を見たのだ。

■■

（……ああ、悪くない。本当に悪くないぜボーイズアンドガールズ）

ロキは体を焼かれ溶かされては再生するという、地獄の中にいながらそんなことを考えていた。

素晴《すば》らしい連携による組み合わせ技。

間違いなく『神魔』でもこれをまともに喰《く》らわせれば、葬《ほうむ》り去ることができる。

そしてものすごい速度で殺し続け、魔力を使い切らせれば回復が間に合わなくなるという論理的な狙いも素晴らしい。

（……だけどまあ。それはもう試したんだよなあ）

究極のマグマモンスター、インフェルノのマグマに満たされた巣に飛び込んでみたことがあるのだ。

今と同じように、全身が回復した先から溶かされていったのだが……。

（残念ながら二十年浸《つ》かっても死ねなかった……俺の『完全形状記憶《パーフェクトフォーム》』は、本当に微量《びりょう》の魔力しか使わねえんだ。それは『神魔』の魔力の自然回復速度を格段に下回ってる）

本来は強力な力には大きなコストが必要なのだが、ロキのスキルはその絶対的な再生能力に対してあまりにも支払《しはら》うコストが低すぎるのである。まさに『反則』能力といったところか。

本人としては全くありがたくはないが……。

「……だからまあ、やっぱり『あれ』しかねえよなあ」

そんな風に呟いたロキ。

そして、その視線は自分を攻撃しているグリフィスたちとは全く違《ちが》う方向。

かつての大戦で出現した旧魔王《まおう》城の方に向けられたのだった。

□□

旧魔王城跡《あとち》地。

百五十年前、『魔王』ベルゼビュートと共に出現し、魔王軍の拠点《きょてん》となったその場所には、今は厳重な警備が敷《し》かれている。

理由は二つ。

一つは最も魔力の濃《こ》い場所であり、もし魔王軍の再侵略《しんりゃく》があり、ゲートが現れるならここしかないと思われていたからである。

とはいえ今回の魔王軍は「キャラクターゲート」と呼ばれる、強力な魔力をもった個体を要にゲートを発生させる技術を開発していたため、その意味では特別に警戒《けいかい》する必要の内容に思える。

しかし、もう一つの理由があるため現在でも警備は厳重であった。

その理由が……。

「ここに『あれ』が封印されているわけか……情報提供感謝ですぞ」

サイモン・ローレック。『人類防衛連合』の長官を務める男である。

年齢《ねんれい》は七十歳《さい》近い。オールバックにした長い髪《かみ》と、長い髭《ひげ》はどちらも白髪《しらが》になっており、普段《ふだん》から贅沢《ぜいたく》な暮らしをしているのか、でっぷりと脂肪《しぼう》を蓄《たくわ》えた体つきをしていた。

そんなサイモンは十人ほどの『人類防衛連合』の隊員を引き連れて、なぜか魔王城跡にやってきたのである。

そして驚《おどろ》くのはその隣《となり》を歩く人物である。

「そこについては心配してねえよ長官殿《どの》。俺は前回の戦争で実際に封印されるとこ見てるからな」

なんと『真暗黒七星』が一人、『虚構《きょこう》生命』ロキである。

これは異常なことである。

ロキは現在、ここから少し離《はな》れた場所にある第七王国の最前線で戦っているはずなのだ。

「しかし、不思議ですなあ。本体は別の場所にいると言いましたが……どう見ても実物にしか見えませんぞ」

「ははは、実際に実物ではあるんだよ。『反則能力』の応用でな。この俺は俺の破片《はへん》って感じだな」

なるほど、確かに『神魔』という割には明らかに魔力の密度が低い。

そんなことを話しながら、一行が歩いていると。

「止まれ!!」

魔王城を警備する兵士たちが現れた。

「アナタは……『人類防衛連合』のサイモン長官？」

「その通りだ。警備ご苦労、下がっていいぞ」

「いえ、そうはいきません。ここの警備は皇帝《こうてい》陛下の至上命令です」

ちなみにここの警備は『人類防衛連合』ではなく、第一王国と第七王国の管轄《かんかつ》だった。

よってサイモンの命令でも引くことはないのだが。

「……それでは困りますなあ」

サイモンがそう言って手を上げると、後ろに控《ひか》えていた『人類防衛連合』の隊員たちが、警備兵に向けて銃《じゅう》を発砲《はっぽう》した。

「ぐあっ……な、なぜ……」

「困るんですよねえ。戦いを終わらせられては……今回も人類側が勝つようなことがあれば、いよいよ我々の存在意義が問われることになってしまう」

サイモンは血を流して地面に倒れる警備兵たちの横を通り抜けながら言う。

「だから、人類は侵略者《しんりゃくしゃ》と戦い続けなければいけないのです」

そして魔王城の後を歩いていくと……。

「それ」はそこにあった。

「なんと、これがですか……」

サイモンの驚きの声にロキが答える。

「ああ。かつて『七英雄』が全員がかりで封印した、災厄生《さいやく》……通称《つうしょう》『町娘《まちむすめ》A』、アリアだ」

そこには、巨大《きょだい》な七色の結晶《けっしょう》の中に封印された一人の少女が眠《ねむ》っていた。

□□

「見た目は普通の少女にしか見えませぬな……ですが、究極と言ってもいい封印魔法《ふういんまほう》を、暗いながらも、確かに凄まじいまでの魔力を感じる。ロキ殿、アナタと同質の魔力を」

サイモンはアリアの方を見てそんなことを言う。

ロキも同じくアリアの方を見ていう。

「その通り、この少女は膨大《ぼうだい》な魔人族の魔力の塊だ。もし解き放たれれば……」

「『人界』中に『魔界』と同質の魔力が散らばり、『魔王でなくてもゲートを発生させること』が可能になるわけですな」

「ああ、逆に言えばかつての『七英雄《しちえいゆう》』たちは倒したところで、世界中に魔人族の魔力をばら撒《ま》くこの生物兵器みたいな少女を、封印するしかなかったってことだな」

そう、それがサイモン長官の狙いだった。

『魔界』から魔人族たちが『人界』に来るハードルを下げること。

ロキの話では新しい移動方法の『キャラクターゲート』も結局は、術式の準備は『魔王』がしなくてはならないのだという。

この戦いで『魔王』が敗れて、今度こそ完全に消滅《しょうめつ》したのであれば、『人界』に魔人族が攻《せ》めてくることは少なくとも、ベルゼビュートレベルの『神魔』が現れるまではないだろう。

そして、あんな常識はずれの超天才《ちょうてんさい》は魔界といえどそうそう現れるものではない。

それは困るのだ。

侵略者がいなければ『人類防衛連合』は不必要になってしまうのだから。

サイモンとしては、今回ほどの大進撃は厄介だが適度に侵略されて、人類に危害が及んでいた方が都合がいい。

「……ふふふ、これで我らの地位も安泰《あんたい》ですな」

「まあ俺も、『人界』で『魔界』の物品を売り捌《さば》いて商売できるようにしてえからな」

「我々も協力しますぞお、ロキ殿。アナタは話の分かる方だ」

そんなことを話していると。

バリン!!

と、結晶の一部。

青い部分が欠けた。

「別働隊もキッチリ仕事をしたようですな」

サイモンがニヤリと笑う。

なんとサイモンは対魔王軍のために手薄《てうす》になっている第三王国の王城に、『人類防衛連合』の兵士を差し向けていたのである。

今、その別働隊が地下にある封印石を砕《くだ》いたのだ。

「そして『七英雄』たちも知らないが……第七王国の『封印石』は王城には無い。第七王国の国王が敵を騙《だま》すにはまず味方から、と言うことでダミーを置いたのさ。そして本体はここにある」

ロキがそう言って、アリアの封印されている部屋の壁《かべ》の一部に魔力《まりょく》を込《こ》める。

すると壁がスライドして、隠《かく》れた収納スペースが現れた。

そこに置かれている銀色の石。

『封印石』である。

「なるほど、盲点《もうてん》でしたな。龍脈《りゅうみゃく》の流れを使って封印のための魔力を送り続ける必要がある『封印石』ですが……確かに封印してる場所に直接置いてあれば問題ない」

「さあて、壊すぜ。準備しな」

ロキがそう言うと、サイモンは部下に指示を送る。

部下たちは対魔人族用の銃を少女に向けて構えた。

「しかし……本当にこれで大丈夫《だいじょうぶ》なのですかな？」

「ああ、魔力の塊とはいえ所詮《しょせん》体はただの人間の少女だ。ウチのマスター・ユニコーンみてえなもんだな。封印が解けた瞬間、意識のない時に撃《う》ち殺してしまえば暴れることもない」

「あとは死体から溢《あふ》れ出た『魔界』の魔力だけが残ると言うわけですな……ならば安心で

す」

「おう、じゃあいくぜ」

そう言ってロキは右の拳を振《ふ》りかぶる。

「ちぇりゃい!!」

ガシャン!!

と、銀色の『封印石』が砕けた。

同時にアリアを覆《おお》っていた結晶の銀色の部分が砕ける。

そして少しすると……。

結晶に大きな亀裂《きれつ》が走った。

次の瞬間、パリイイイイインと言う盛大《せいだい》な音と共に結晶が砕け散った。

そしてその中から現れる、十三歳ほどの少女。

結晶の中から出てきたその少女を改めて見れば、長い黒髪《くろかみ》に素朴《そぼく》でまだ幼いが成長すれば美人になるだろうと思わせる顔立ち。だが痩せている……というよりはやつれているといった方がよく手足は簡単に折れてしまいそうなほどに細かった。

正直、サイモンとはいえこんな歳《とし》の少女を目の前で始末するのは嫌《いや》なのだが、これも『人類防衛連合』の末長い繁栄《はんえい》のためである。

「撃て‼」

パアン‼

と何発もの銃声《じゅうせい》が、目を閉じて気を失っている少女に襲いかかった。

……そして。

銃弾《じゅうだん》は少女に命中する直前で、「何か」に遮《さえぎ》られた。

「なっ‼　なんだあれは⁉」

サイモンは驚愕《きょうがく》の声を上げる。

銃弾を防いだものの正体。それはなんと表現したよいか分からないものだった。

強引《ごういん》に表現すれば……ノイズだった。

まるでこの世界が絵の世界で、そこに乱雑に黒で塗《ぬ》りつぶしたかのような謎《なぞ》のエネルギー。

魔力の類《たぐい》なのかすら分からない。サイモンの知っている人間の六属性魔力、そして魔人族の六色魔法《まほう》のどれにも当てはまらない。強《し》いていえばアランの『光の魔力』のような固有のものなのかもしれないが……あまりにも禍々《まがまが》しく、異質すぎた。

だが、驚いてばかりなどいられない。

目を覚ます前に殺さなくては。

「も、もう一度撃て!!」

その命令に従って部下たちが発砲するが、何度撃っても少女に銃弾が届く前にノイズに遮られて銃弾は消滅してしまう。

「ど、どういうことですか!!　ロキ殿!!　意識の無いうちに殺せばいいはずでは!?」

「……ククク」

ロキは笑っていた。

ここに来る過程で何度も笑っていたが、それらとはまた違う。なんと表現したらいいのだろうか。まるで心からの目標が達成されたかのような笑いである。

「これは『拒絶《きょぜつ》の瘴気《しょうき》』……『触れたものを条件を無視して消滅させる』全てを超《こ》える力。少女の身を自動で守る絶対防御」

そして、少女の瞳《ひとみ》が小さく開く。

「……」

底なし沼《ぬま》のような、どこかこの世界とは別のものを見てしまっている目だった。

……そして。

「……いや」

少女が小さく呟《つぶや》いた次の瞬間。

周囲に『拒絶の瘴気』が撒き散らされ、その場にいた全員を飲み込んだ。

□□

「くっ!!」

グリフィスが忌々《いまいま》しげに言う。

「この野郎《やろう》、いつまで再生しやがるんだ!!」

すでにロキをバリアの中に閉《と》じ込めて、炎属性魔法を叩《たた》き込み始めてから一時間は経過している。

「クククククク……」

その間も、体を焼かれながら笑うロキ。

「ポーションもあるし、もうしばらくは持つけど……ひょっとして、これまずいんじゃない？」

炎魔法を送り続けるリーンが汗《あせ》を流しながらそう言った。

確かに、グリフィスやリーンの魔力が尽《つ》きる前に殺しきらなければまずいことになるだろう。

（クククク……もうすぐ。もうすぐだ……）

ロキは期待に胸を膨《ふく》らませる。

欠片からの情報は受け取った。そしてその欠片が完全に消滅し、自分のもとに再生して戻ってこないことも。

望みが叶《かな》う。三十万年越《ご》しの望みが。

「さあ……さあ……早く、早くぅ……」

「……何か、嫌な予感がする」

ヨシダは長年の戦場経験からか、何かマズイことが起きているのではないかと感じているらしい。

……そしてついに。


——おい……なんだ、あの少女は？


後方で控えていた第七王国の兵士がそんなことを言った。

一人のボロ布をまとった少女が、こちらに向けて歩いてきていた。

その少女の姿を見た時……。

「……来た」

ロキは満面の笑みを浮《う》かべた。

「……嘘《うそ》、だろ？」

そして……ヨシダは唖然《あぜん》とした。

「おいおい、あのお嬢ちゃんなんでこんなところにいやがるんだよ」

ストロングがそんなことを言う。

「分からん……だが、それ以前にあれはなんだ？　本当に人間なのか？」

ステファンがそう言って冷《ひ》や汗《あせ》を流す。

誰《だれ》もがその存在を感じ取った瞬間に気づいた。

あの少女……何かがおかしい。目の間にいる『神魔』ですら比べものにならないほどの、不気味で恐《おそ》ろしい存在感がある。

そして、その正体を知っているであろうヨシダが叫《さけ》んだ。

「みんな!!　とにかくこの場から離れろ!!　もう戦ってる場合じゃない!!」

本来なら『神魔』を殺せる状態まで追い込んでいるのだ。

ヨシダの言葉など聞き届けられるはずのないものである。

しかし、得体の知れない「何か」を感じ取っており、尚且《なおか》つ先ほどの戦闘《せんとう》でヨシダのことを信頼《しんらい》していた『グレートシックス』たちは、すぐに攻撃を中断してその場から離れていく。

そして、その場に残されたロキは、溶かされた体を再生させながら少女に近づく。

「おお……ようやくか。お前が……俺の死か」

そして右手から黒色魔法を少女に向けて放つ。

『神魔』の力で一切《いっさい》加減なく放たれた、黒い魔力の光線。

だが、少女に命中する前に現れたノイズに飲《の》み込まれ、一瞬で消滅してしまう。

少女がまるで今その存在に気づいたかのように、ロキの方を見る。

すると少女の背中からバキバキとグロテスクな音がして、右の肩甲骨《けんこうこつ》あたりから虹色《にじいろ》の翼《つばさ》が生えた。

それは美しい蝶《ちょう》の羽のようで……だが、そのこの世のものとは思えない怪《あや》しい光は、本能的な恐怖《きょうふ》を呼び起こさせる。

そんな姿に、両手を広げ満面の笑みを浮かべるロキ。

「さあ!!　カモン!!　カモン!!　カモオオオオオオオオオオン!!!」

少女がその小さい手をロキに向ける。

ドオッ!!　と膨大なノイズが周囲に放たれた。

ロキだけではなく、その場にある全てを飲み込む濁流《だくりゅう》のごとき『拒絶の瘴気』。

「うわあああああああ!!」

ヨシダや『グレートシックス』たちはその余波だけで、吹《ふ》き飛ばされる。

当然その中心にいたロキなど『神魔』であってもひとたまりもない。

（……おお、俺が消えていく……再生しない）

ノイズが全身を蝕《むしば》み、存在ごと消滅させていく感覚に酔《よ》いしれるロキ。

五体が消え去り、五感が消え去っていく。

（……これが……死か……いい……静かで……悪くな……い）

そして『真暗黒七星《しんあんこくしちしょう》』最後の一人は、その望みを叶えて満足げな笑みを浮かべながら消滅したのだった。

最後の戦い　『生き残った村人』ＶＳ『町娘Ａ』

数奇《すうき》な運命の幼馴染《おさななじみ》同士。平凡《へいぼん》なる男よ。彷徨《さまよ》い破壊《はかい》する概念《がいねん》と化した少女に魂《たましい》の救済を。


草原が広がっていた第七王国の最前線は、一瞬にして不毛の大地になった。

その場にあった『神魔』も軍の基地もそして自然もノイズに飲み込まれて消失してしまったのだ。

「……アリア」

奇跡的《きせきてき》にノイズから逃《のが》れることができたヨシダはたった一人、数キロメートルに渡《わた》る破壊の中心に佇《たたず》む少女の姿を呆然《ぼうぜん》として見る。

まさか……生きているうちに再びその姿を見ることになるなんて思わなかった。

前回の大戦で会った時が最後だと思ったのに。

これでもう……向き合う必要がなくて済むと思ったはずなのに……。

「……やらなきゃ、僕《ぼく》が」

ヨシダはそう言うと立ち上がり、懐《ふところ》から一振《ひとふ》りのナイフを取り出す。

なんの変哲《へんてつ》もない……少し持ち手の部分が古くなったナイフである。

「たぶん僕しか……アリアを殺せない。他の皆《みな》でも無理なんだ……アリアだけは……」

そう自分に言い聞かせ、少女の方を見る。

「……っ」

『あの日』と変わらぬその目。

絶望的なほどに深い虚無《きょむ》と僅《わず》かな寂《さび》しさをもった少女の目を見た時。

「う……うああああああああああああああああああああああああああ!!」

ヨシダはその場から逃《に》げ出した。

(できない……僕にはやっぱり……変わらない。あの日から……僕は何も変わってない)

第七王国のとある田舎《いなか》に生まれた平凡極《へいぼんきわ》まる少年と、その少女が出会ったのは単なる偶《ぐう》然《ぜん》であった。

ヨシダは昔から弱い人間だった。

運動神経も悪く頭もそれほど賢《かしこ》いわけではない。何より主張するのが苦手だったため、ガキ大将や取り巻きのいじめっ子たちにされるがままになっていた。

「……ぐすっ」

その日も、皆でボール当てをして遊んでいる時にずっと自分だけターゲットにされて泣いていた。

嫌なら嫌とはっきり言えればいいのに、イラついたのなら殴《なぐ》り合いの喧嘩《けんか》の一つでも仕《し》掛《か》けてしまえばいいのに。

ヨシダにはそれができなかった。

よく言えば「気が優《やさ》しい」のかもしれない……だが、本当は単に人から嫌《きら》われるのも反《はん》撃《げき》されて痛い思いをするのも怖《こわ》いだけなのだ。

……なんて自分は弱くてカッコ悪い男なんだろう。

いじめられたことよりも、そんな自分が悔《くや》しかった。

こんな姿を父親に見せたら「男がそんなことで泣いて情けない!!」と怒《おこ》られるので、ヨシダはいつも涙《なみだ》が止まるまで、村外れにある教会の跡地《あとち》で一人で泣くのだった。

しかし、その日は先客がいた。

「あら？」

手入れのされた艶《つや》のある黒くて長い髪、可愛《かわい》さと美人さを同時に兼《か》ね備《そな》えた整った顔立ち、まだ自分と同じくらいの年なのにこんな田舎では見たことがない垢抜《あかぬ》けた容姿の少女だった。

「……」

少しの間、あっけに取られてしまう。

するとこっちに気づいたのか、少女はヨシダに言う。

「泣いてるの？」

「……いや、その……これは」

そう言って今更《いまさら》ながら涙を拭《ぬぐ》おうとするヨシダ。

女の子にわんわんと泣く姿を見られるのは嫌だった。

しかし、少女はそんなことを気にも止めずに言う。

「もったいないわ」

「もったいない？」

「うん。ほら、夜空の星がこんなにも綺麗《きれい》なんだもの」

そう言って空を指さす少女。

確かに今日はよく星が見える方だったが、生まれた時から見ている夜空と何も変わらない。ヨシダにとってはただの夜空と星だ。

でも少女は、そんなありふれたものに目を輝《かがや》かせる。

「夜空だけじゃない、海も川も森も大地も……そこに住む人も動物たちも、世界はこんなにも綺麗なんだから。涙を流していたら滲《にじ》んでよく見えないわ」

そう言って笑ったのだ。

「……」

ヨシダはその瞳に見惚《みと》れてしまった。

キラキラと純粋《じゅんすい》に、この世界の美しさを信じている瞳。

「私はアリア、あなたのお名前は？」

「……ヨシダ」

「そう……ねえ、よかったら一緒《いっしょ》に星を見ましょう？　こんな綺麗な景色は誰かと見ないともったいないわ」

それが出会い。

まだ『七英雄』でもないヨシダと、まだ『災厄』ではなかったアリアの初恋《はつこい》の記憶。

■■

「……バカな!!　『町娘A』の封印《ふういん》が解かれたじゃと⁉」

報告を受け取ってそう叫んだのは、第一王国、皇帝マーガレット・ホワイトハイド。

事前の『七英雄』の活躍《かつやく》もあって『人類防衛連合』から、対魔人《まじん》族の指揮権を取り返したため、今回の戦争における最高司令官としての立ち位置をになっていた。

身長は１７０cmを超える長身。手足も長く、スタイルは抜群《ばつぐん》。とりわけ紫色《むらさきいろ》の王衣をキツく押《お》し上げる胸元《むなもと》は、一目で世の男性たちを釘付《くぎづ》けにすることだろう。でありながら、吊《つ》り上がった眉《まゆ》と、まつ毛の長い凛《りん》とした目元が美しさの中に思わず平伏《へいふく》したくなるような威厳《いげん》を漂《ただよ》わせる。

齢《よわい》三十八にしてそんな若々しく威厳のある美貌《びぼう》を持つマーガレットだが、誰が見ても分かるほどに狼狽《ろうばい》していた。

先ほどまでは六つの戦勝報告を受けて「よし、残るは第七王国の戦闘のみだ!!」と、戦勝ムードで周囲の人間たちと話していたのだが、そんな雰囲気《ふんいき》は一瞬《いっしゅん》で消し飛んだ。

「じょ、冗談《じょうだん》じゃよな？　かなり温厚《おんこう》な権力者のつもりのワシじゃが、さすがに怒《いか》りたくなることもあるぞ？」

マーガレットは縋《すが》るような目を向けて、報告に来た兵士にそう言った。

しかし兵士は言う。

「い、いえ。申し訳ありません事実であります。ですが悪い報告だけではなく……『真暗黒七星』最後の一体が、『町娘A』の攻撃《こうげき》を受けて消滅しました」

「……それは、まあ悪い報告ではないな」

マーガレットはそう言った。

魔王軍のゲートは全て消失。

全ての魔人族は『人界』から消え、魔王軍には勝利したということだ。

「だが『災厄』が復活した以上、戦争は終わっていない」

そう言って王の間に現れたのはアランだった。

「ま、まだ動いたらダメですよ!!　アラン様!!」

全身に包帯を巻いている。

報告を聞いて、治療《ちりょう》中ながら抜《ぬ》け出してきたのだろう。

運ばれてきた時は、心臓を破壊されていたというのに起き上がってくるとは、相変わらずとんでもない精神力である。

しかし逆に言えば、アランがそんな精神力を発揮しなければならない事態だということだった。

アランは兵士に言う。

「状況《じょうきょう》を、教えてくれ」

「は、はい」

兵士は壁に映像を映写する魔法装置を使用する。


映し出されたのは地獄《じごく》絵図だった。

おそらくそこは少し前まで多くの人が住んでいた街だったのだろう。

開発された人工物と元からあった自然がマッチした、住みやすい場所だったに違いない。

しかし、今は完全に不毛の地になっていた。

建物は破壊し尽くされ、そこにいた生物たちは跡形《あとかた》もなく消滅し、人工物と共存してもなお豊かだった自然は完全にその生命力を消失している。

そんな中、一人ノイズを撒き散らしながら歩く少女。

「『町娘A』は、第七王国から第一王国に向けて進行中。すでに破壊された町や村は二十以上、犠牲者《ぎせいしゃ》も推定で百八十万人は超えています。周辺の戦力が迎撃《げいげき》に向かっていますが……」

映像に『人類防衛連合』の兵を中心とした各国の兵との混合部隊が映し出される。

彼《かれ》らは『人類防衛連合』製の最新兵器を、その少女の細身の体に容赦無《ようしやな》く撃ち込んでいく。

屈強《くつきよう》な魔人族を倒《たお》すための強化大砲《たいほう》である。

しかし。

砲弾《ほうだん》は全て少女を守るノイズに阻《はば》まれる。

そして。

ゴオッ!!

と、お返しとばかりに放たれる『拒絶の瘴気』。

濁流のようなノイズに飲み込まれ、一瞬にして一個中隊が街ごと消滅した。

「……な、なんだこれは。街一つが一瞬で」

マーガレットのもとで作戦本部にいた大臣たちが唖然としてしまう。

「ああクソ、やっぱりこうなるか……迎撃は中止させてくれ。たぶんコンマ一秒分もあの少女を止められない」

アランは目の前で若い兵士の命が散ったのを見て、悔しそうに歯噛《はが》みする。

「アランから存在は聞いていた……じゃが、これほどとは」

「これがベルゼビュートたちが『封印石』の破壊を狙《ねら》っていた理由だ。あの災害さえ復活してしまえば、勝手に人類を滅《ほろ》ぼしてくれる。そして、あの少女自身は人間だからいずれは寿命《じゅみょう》がくる。その後に人類のいなくなった『人界』を自分たちのものにすればいい……そういう寸法だ。まあ、ベルゼビュート自身は『人界』の土地自体には興味がなかっただろうけどな」

「し、しかし、どう対処いたしましょう?」

兵士は半ば絶望した様子で尋《たず》ねる。

「『町娘A』は第一王国に向かって進行中です。このままでは明日の昼頃《ひるごろ》には最も人口の多いこの国に足を踏《ふ》み入れることが推測されます……そうなれば」

「ああ、なぜか分からないがあの少女は『人間の気配が多い場所』に向かって移動してくる。そしてまるで念入りに掃除《そうじ》でもするかの如く、そこにいる人間を消滅させるんだ。おそらく今出ている被害《ひがい》とは比べものにならないだろうな……」

そしていずれは同じようにして全ての人類を滅ぼすだろう。

何せヨシダの話では、彼女《かのじょ》があの状態になったのは十二歳の時だと言う。そこから成長のペースが遅《おそ》くなったらしく五年で一年ほど見た目は年をとったらしい。

つまり彼女が普通《ふつう》の人間に換算《かんさん》して五十歳まで生きるとすれば、百八十五年生きる計算だ。

そんな長い期間、一瞬で街一つを消し去り不毛の大地に変えることのできる怪物《かいぶつ》から逃げ回り続けることが、果たして人類に可能なのかという話である。

「……だから、俺《おれ》が行く」

アランはそう言った。

マーガレットはその言葉に驚きつつも、やっぱりなといった様子だった。

「傷は……大丈夫なのか？」

「全然大丈夫じゃないが……そうは言っていられないだろ？　最後の一仕事だ」

「はっはっはっ……心臓潰《つぶ》されたって聞いたのに、相変わらずな男だねえ」

そう言って現れたのは2mを超える筋骨隆々《りゅうりゅう》の女、ドーラ・アレキサンドラだった。

ドーラだけではない。

ケビン、デレク、ノーマン、イザベラ……ヨシダを除く『七英雄』たちが現れたのだった。

「アタシたちも連れて行きなさいな」

「……ふっ、お前もかなり重傷《じゅうしょう》だったと聞いているがな」

実際、ゲームによる戦いをしていたイザベラ以外は、体のどこかしらには包帯を巻いている。

「おお、『七英雄』が揃《そろ》って戦うとは……」

「ヨシダ殿《どの》はいないが、あれは運よく選ばれただけで実質的はこの六人みたいなものだからな」

「これであの災害も倒したようなもの」

大臣たちからそんな声が上がるが。

「……いや」

アランは首を横に振った。

「前回の戦い。ベルゼビュートを倒しゲートを破壊した後、あの少女は魔王《まおう》城に現れた。分かるか？　俺たち全員が揃って戦っていた前回の最終決戦の場に現れたんだ」

大臣の一人が聞く。

「……ということは、つまり？」

「ああ。前回もヨシダはいなかったが、この六人であの少女を倒そうとして結局封印することしかできなかった」

ざわざわと、大臣たちにどよめきが起こる。

「まあだが……なんとかするさ。今回もなんとかしてみせる」

アランは決意を込めてそう言ったのだった。

アリアと出会った日からヨシダの日常に変化が訪《おとず》れた。

「おはようアリア」

「あら、おはようヨシダ」

「今日は何をするつもりなんだい？」

「あっちの川を見に行くのよ。お魚を手で捕《つか》まえてみるの」

「素手《すで》は難しいと思うけどなあ……」

時間があれば教会跡地にいるアリアに会いに行き、アリアの遊びに付き合うようになっていた。

アリアは遊びの達人だった。

いや、正確には何かを楽しむ達人だった。

ヨシダにとっては生まれた時から見慣れていて、鬱陶《うっとう》しさすら感じるど田舎の自然一つ一つを楽しむことができる。

「あはは!!　水綺麗!!」

そう言ってただの川に入ってはしゃぐアリア。

「ほら、ヨシダもはやく」

「……いつも楽しそうだね、アリアは」

「そうよ。だって世界はこんなにも美しいもの。大好きなものに囲まれて楽しくないはずないわ」

そう言って両手を広げるアリア。

澄《す》んだ青空のようなその瞳には、きっと彼女の言うように美しい世界が広がっているのだろう。

「それに……ヨシダのことも」

アリアは少し顔を赤らめてモジモジとする。

「どうしたの？」

「ううん、なんでもない……えい‼」

アリアが急に水をかけてきた。

「ひゅわっ⁉」

「あはは、『ひゅわっ』だってー」

「やったなあ」

そうして始まる水の掛《か》け合い。

（……ああ、楽しいな）

彼女と一緒にいるだけで、自分も温かい気持ちになった。

結局、弱虫で不器用なことには変わりないけど……それでもアリアと一緒にいる時だけは、楽しい気分を分けてもらえた。

「今度ね。私も学校に行くことになったの!!」

「そうなのかい!?」

一通り遊び終わって、木陰《こかげ》で休んでいるとアリアがそんなことを言ってきた。

国の仕事をしている父親の都合で離《はな》れた町からこの村にやってきたアリア。

これまで勉強は学校ではなく家庭教師に見てもらっていた。

「お父さんとお母さんに頼《たの》んでみたの。これで学校でもヨシダと一緒に遊べるね!!」

アリアは学校でも、その明るさと可愛らしさですぐに皆んなに溶《と》け込んでいった。

それに引っ張られてついて行く、ヨシダも前よりはからかいの対象になることは少なくなった。

彼女の周りには笑顔《えがお》が溢れていた。

彼女の瞳はこれからも美しい世界を見続けるのだろう。

そんな風に思っていた……。

しかし……二年後。

「お父さんと、お母さんがね……最近よく喧嘩《けんか》してるの」

最近どうも元気が無いアリアを心配して、ヨシダが話を聞いたらそんなことを打ち明けてきた。

「お母さんはね、都会の暮らしが良かったんだって。キラキラした人たちと一緒にパーティして高いものを食べるのが好きだったんだって。お父さんもね。ホントはお母さんのことだけが好きなんじゃなかったんだって。お手伝いさんのことも好きで、色々といけないことしてたんだって」

「アリア……」

打ち明けられた内容は、当時まだ七歳《さい》のヨシダには重すぎて何も言うことができなかった。

今になって思えば……その時からアリアは世界を美しいと思えなくなってきたのかもしれない。

アリアを囲む世界の変化はそれだけに止《とど》まらなかった。

学校でアリアがいじめられ始めた。

理由は閉じたコミュニティにありがちなもので、トップの女子と付き合っていた男子がアリアのことが好きになってしまったのである。

最初は全員での無視ですんでいたが、そこからモノを隠《かく》すなどの嫌がらせに発展し、最終的には実際に暴力まで受けるようになった……。

そして遂《つい》に「それ」が発現した。

アリアの髪《かみ》の毛を引っ張り、その整った顔を殴ろうとした女子生徒の腕《うで》が消し飛んだのである。

その時は、原因がアリアの力にあるなどとは誰も分からなかったため、謎の怪《かい》事件《じけん》として騒《さわ》がれることになった。

しかし、ヨシダだけはその正体を知っていた。

「……変なものが見えたの、変な音が聞こえたの」

アリアはそう言った。

「私をいじめてた子が黒いものでぐしゃぐしゃにに塗りつぶされて、すごく嫌な音がして、それを振《ふ》り払《はら》おうとしたらいつの間にかその子の腕が無くなってたの」

それにね……。

と言って、アリアは木の枝を拾うと。

自分の腕に思いっきり突《つ》き立てようと振り下ろした。

しかし、木の枝がアリアの腕に触《ふ》れる瞬間《しゅんかん》。

ブワッ!!

と、見たこともない悍《おぞ》ましい黒いノイズのようなモノがアリアの体から吹き出し、木の枝が粉々に砕《くだ》け散ったあと消滅《しょうめつ》する。

「……」

言葉を失うヨシダ。

「ねえ……私、どうなっちゃったのかな?」

アリアは瞳に涙を流してそう言った。

「アリア!!」

ヨシダはその華奢《きゃしゃ》な体を抱《だ》きしめた。

「俺は何があっても君のそばにいるよ。何かあったら頼《たよ》ってくれ」

「……うん、ありがとう」

(……ああ、強くなりたい。この子のために)

自分の側にいれば、この子が泣かなくてもいいように。

その後も、アリアの世界は五年かけて徐々《じょじょ》にノイズに覆《おお》われていった。

他のクラスメイトたち、村の人々、そして遂には両親……そして、あれだけ好きだった自然の景色にまで。

アリアには不愉快《ふゆかい》な音を掻《か》き鳴らすノイズに見えてしまう。

ヨシダはそんなアリアの側にいることしかできなかった。

そして当然、周囲の人間はアリアを恐れ気味悪がり、排斥《はいせき》しようとした。

だがそれは叶わない。

アリアを守る無敵の瘴気《しょうき》が全ての攻撃を防ぎ、容赦《ようしゃ》の無い反撃をするからである。

ヨシダ以外の村の人間はなんとかして、この危険極《きわ》まる存在を駆除《くじょ》しようと考えた。


……そして「あの日」がやってくる。

ヨシダはその日、隣《となり》の村に買い出しに行っていた。

もう十二歳。

村ではこういう遠出の手伝いも、一人前にこなすことが求められる。

そして、早朝から出て山を一つ越《こ》え用事を終え戻《もど》ってきた時。

「……なんだ、これ?」

ヨシダの生まれ育った村は「消滅」していた。

建物も人も……そして豊かだった自然も。全て消え去り、不毛の大地が広がっていた。

そして、そんな中に一人佇むのは幼馴染の少女。

「アリア!!」

「……ヨシダ」

アリアはヨシダの声に気づいてこちらを振り返った。

その両目に滴《したた》る涙。

そして全身から立ち上る凄《すさ》まじい量のノイズ。

後から知ったことだが、その日、村の人間たちは国から兵士を呼んでアリアを殺そうとしたらしい。ツテはアリアの父親……すでに離婚《りこん》して別居していた母親も反対しなかったらしい。

そして雇《やと》われた兵と村人たちは、容赦無くアリアに襲《おそ》い掛かり……村ごと跡形もなく消し飛ばされたのだ。

そんなことは知る由もないヨシダは、ただ茫然《ぼうぜん》とすることしかできなかった。

「……どうしよう、ヨシダ。皆んな消しちゃった」

アリアはそう言ってこちらに歩いてくる。

涙を流しながら、夢遊病者のようにフラフラと。

「もうね……全部ノイズにしか見えないの……」

アリアは震《ふる》える声で言う。

「ずっと、ずっと、うるさいの。ザーザーって。静かになってくれないの」

「アリア……」

「ねえ、ヨシダ……お願いがあるの……」

アリアが懐から取り出したのは、一本のナイフだった。

確かアリアの父親がコレクションしていたものの一つだったはずである。

それを手渡《てわた》してきた。

「私を……殺して」

すがるような目でアリアはそんなことを言ってきた。

「……っ!!」

「もうすぐ……全部ノイズになっちゃう。ノイズがかかってるモノは私を傷つけられない。でもまだ、ヨシダだけはちゃんと見えてるの……きっとヨシダのことが好きだから……あーあ、言っちゃった……」

こんな状況で告げられたアリアの気持ち。

「……僕は」

だが嬉《うれ》しさなんて感じている余裕《よゆう》はなかった。僕も君が好きだ、と返事をすることもできなかった。

「でも……いつまでヨシダも見えてるか分からないから……だから、殺して」

アリアはヨシダの手にもったナイフの先を自分の喉元《のどもと》に向ける。

「僕は……」

ヨシダのナイフを持つ手が震える。

ノイズのかかっていない相手ならノイズに邪魔《じゃま》されずにアリアに触れることができるのは前から分かっていた。

実際こうしてアリアの手に触れている。

ノイズの防御《ぼうぎょ》はアリア自身の自傷すら許さない。

だがきっと……自分ならアリアを望み通り殺すことができる。

（そうだ……僕がやるしかない）

アリアは優しい子だ。

このまま全てがノイズに飲み込《こ》まれれば、きっと自分はおかしくなってノイズを……つまり人を消してまわる最悪の怪物になる。

そんな未来を望んでいない。

だから今、自分がやるしかない。

純粋で優しい少女の切なる望みを、この場で叶《かな》えるしかない。

「……はあ……はあ……はあ」

呼吸がうまくできない。

吐《は》き気《け》がする。

決意を込めて手に力を込めた。

アリアの喉《のど》に少しだけ刃《やいば》が食《く》い込む。

ツーと垂れる赤い血液。

その時。

「……」

アリアが寂しそうに微笑《ほほえ》んだ。

「うああ!!」

ヨシダはその場から逃げ出してしまった。

声を張り上げて、もつれる足で全力で。

怖くて振り返ることができなかった。

「ふざけるな‼　ふざけるなよ‼　この臆病者《おくびょうもの》が‼」

アリアから逃げた後、隣の村の親戚《しんせき》のもとに身を寄せることになったヨシダだが、毎日のように自分を責めた。

「どうしてあそこでアリアの望みを叶えてやらなかった‼　どれだけ弱い男なんだお前は‼」

ヨシダはあまりにも臆病《おくびょう》な自分が許せなかった。

こんな弱い自分を変えたいと思った。

ちなみにアリアの情報は捜したが行方《ゆくえ》は分からなかった。

もしあの状態のアリアが不愉快なノイズを消すために動いていたら、とんでもない騒ぎになるだろう。

もしかしたら何らかの方法で死ぬことができたのかもしれない。

望みは限りなく薄《うす》いと思うが、何らかの方法であの状態を脱《だつ》して助かって平穏《へいおん》に暮らしているのかもしれない。

そうだとしたらすごく嬉しいことだと思う。

そして、ヨシダは魔王軍の討伐《とうばつ》部隊に志願する。

だが悲しいことに、適性はサポート向きの『エーテル』。しかも、魔力《まりょく》の量や出力も戦《せん》闘《とう》センスも運動神経も酷《ひど》いモノだった。

最前線で勇敢《ゆうかん》に戦う男になるにはあまりに向いていない。

……いや、それは言い訳だろう。

何せアラン・グレンジャーという、自分よりも酷い素質で最前線で戦い続けている男がいたのだ。

アランは凄まじい勇気と覚悟《かくご》で戦果を積み上げていった。

だから……そう。

結局は自分が最前線で戦わないのは臆病で弱虫だからなのだ。

(……でも、それでもまた逃げ出してしまうことだけは嫌《いや》だ)

だからヨシダはアランや他の英雄《えいゆう》たちにとにかくついていって雑用でもなんでもやった。

強い彼らだ。当然危険な戦場や強力な敵と対峙《たいじ》することが多い。

正直怖かった。毎秒逃げ出したいと思っていた。

最後の決戦場である魔王城までついていくことができたのは、今度逃げ出したらかっこ悪すぎて死にたくなるという情けないプライドを守るためだった。

だが。

その最終決戦の場で、ヨシダは再び運命を突きつけられる。

「……アラン、やったんだね遂に」

アランがベルゼビュートを倒したという報告を、支援《しえん》のために拠点《きょてん》を作った魔王城前の広場で受け取ったヨシダ。

しかしそこに。

「うおおおおおおお!!」

ドゴン!!

と壁《かべ》を破壊《はかい》して強力な魔力を持つ魔人族が現れた。

体長5mを超《こ》えるケンタウロスベースの『怪魔《かいま》』ザーガス、『暗黒七星《しちしょう》』の一体であった。

「おお……人間如きに、ベルゼビュート様が敗れるとは……ありえぬ……」

ベルゼビュートを信仰《しんこう》するものが多かった旧『暗黒七星』だが、ザーガスは特にその代表格だった。

「ゲートも破壊され、我々が『人界』に留《とど》まれる時間も長くはない……こうなれば、一人でも多く人間どもを殺し、ベルゼビュート様への手向《たむ》けとするのみ」

「……くそ!! 迷惑《めいわく》なことを」

魔王城まで来れたサポート要員はヨシダのみ。真っ向から戦う術《すべ》は持っていないし磨《みが》いてこなかった。

なんとか時間を稼《かせ》いで逃《に》げ切るしかない。

そう思った次の瞬間。


森の奥《おく》から一人の少女が歩いてきた。


「む? 誰《だれ》だ。この小娘《こむすめ》は」

ザーガスは怪訝《けげん》な目を向ける。

一方ヨシダは、完全にその場で固まってしまっていた。

「……アリア」

もうあの時から五年は経《た》っているが、ほとんど見た目は変わらず。

だが世界を美しく見ていた透《す》き通るような瞳《ひとみ》は濁《にご》りきっていた。

「なぜここまで来れたのか分からんが……まずは一人目の手向けだ。死ぬがいい下等生物!!」

そう言ってザーガスが3m以上ある斧《おの》を、細身の少女に向かって振り下ろした。

その後の顛末《てんまつ》は語るまでもないだろう。

ゴオッ!!

と溢《あふ》れ出した『拒絶の瘴気《きょぜつ》』にザーガスが消し飛ばされ。

異変を察知した他の『七英雄』が総出でアリアに対峙し。

倒すことができずに『皇家六芒星封陣《こうかろくぼうせいふうじん》』という、『人界』最強の封印術式によって封印した。

ヨシダは、その時……何もできなかった。

ザーガスが消された拍子《ひょうし》に吹《ふ》き飛ばされ、ただ呆然《ぼうぜん》と離れたところからアランたちとアリアの戦いを見ることしかできなかった。

何ヶ所か骨折はしていたが、体は動くことができた。

ただやはり、今回も動くことができなかった。

絶望した。

ああ……自分は変わっていない。

なんとかアランたちについていくことで、少しは変わったと思ったのに何も変わっていなかった。

世界中がノイズに飲《の》み込まれ。ずっと聞こえてくるノイズに苦しみながら、やりたくもない殺戮《さつりく》をするしかなくなっている幼馴染《おさななじみ》の少女の姿を目の前にしても、結局見ていることしかしなかった。

結局……弱虫だった田舎《いなか》の少年は、弱虫のままだったのである。

■■

「……しかし、今回も前回と同じ最後になったな。ヨシダがいないのはあれだが」

アランはヨシダを除く五人の戦友たちと共に森の中を歩きながらそう言った。

その言葉の通り、前回の戦いでもベルゼビュートを倒し、これで終わったと思ったら、あの少女が現れたのである。

「まあ、揃《ぞろ》いも揃って前回以上に全員ボロボロだがな……それに歳もとった」

そう言って後ろを振り返るアラン。

「お前が一番ボロボロだろうがよ」

そう言ったのは『歴代最強賢者《けんじや》』ノーマン・ロックウッド。

見た目も口調も大戦の後で作ったものではなく、本来の彼のものに戻っていた。

凄まじい魔法《まほう》戦の後のようで、体のあちこちに焼け跡《あと》があり、全身の魔力も回復はしたのだろうが普段《ふだん》より弱々しい。

「……あら、アタシはまだ若いつもりさね」

そう言ったのは『怪力《かいりき》聖女』ドーラ・アレキサンドラ。

さすがにアランほどではないのだろうが、こちらも死力を尽《つ》くした肉弾戦《にくだんせん》の後なのだろう。活力だけは漲《みなぎ》っていたが、少しふらつきながら歩いている。

「アタシもよ。それにアタシは前回の方がボロボロだったしね」

『悪役令嬢《れいじよう》 最終形態』イザベラ・スチュアートがドーラに同意する。

ありがたいことに彼女はほぼ無傷。いや……よく見ればやや顔に疲労《ひろう》が見える。おそらく何か神経を使う戦いをしたのだろう。彼女のそう言う戦いでの強さを知っているアランからすると、余裕のようでよほど強敵だったのだろうと推測できる。

ただ、前回の戦争では雷《かみなり》属性魔法を駆使《くし》して前線で戦っていたので、肉体的なダメージで言えば確かに前回よりは遥《はる》かにマシだろう。

「本当にさあ……なんでこうなるかねえ。めんどくさい……ほんとめんどくさいねえ」

そう言ったのは『無敵の遊び人』ケビン・ライフィセット。

相変わらず、気だるそうにしているが身体中《からだじゅう》の傷と失った右腕《みぎうで》が、過酷《かこく》な戦いをしてきたことを物語っている。

それなのにこうしてまた文句を呟《つぶや》きつつも、戦いの場に来ているのだ。

「なんでもいい……今は、なんならやることがあった方が気が紛《まぎ》れるさ……」

そう言ったのは『追放されし暗黒僧侶《そうりょ》』デレク・ヘンダーソン。普段の邪悪《じゃあく》な圧は今は少しなりを潜《ひそ》めており、代わりにどこか寂《さび》しげな雰囲気《ふんいき》が漂《ただよ》っている。

いつも連れていた妻の姿が今はないことを考えると……アランはなんとなく事情を察した。

「色々とある中、また最後まで付き合ってくれて感謝する」

アランは頼もしい仲間たちにそう言って頭を下げた。

「さあ、最後の仕事だ」

アランがそう言って前を向く。

一人の少女が向こうから歩いてきた。

十三歳くらいの少女。ボロボロの布を身にまとい、この世界全ての混沌《こんとん》と虚無《きょむ》を煮詰《につ》めたかのような目でこちらを見てくる。

アランは新たにマーガレットから受け取った剣《けん》を抜《ぬ》いた。

それに続いて、他の『七英雄』たちも戦闘の構えをとる。

「ヨシダから聞いてるよ……君は何も悪くない。でも人類を滅ぼさせることはできない。だからこの場で斬《き》る……すまないな」

最後の戦いが今、始まる。

□□

「……はあ……はあ……はあ」

ヨシダは息を荒《あら》らげながら、第七王国軍の拠点の一つにたどり着いた。

「ヨシダさん!!　ご無事だったんですね!!」

兵士の一人がヨシダの姿を見て駆《か》け寄ってくる。

「災厄《さいやく》の封印《ふういん》が解かれ、前線を吹き飛ばしたと聞いていたので心配しました」

「あ、ああ……なんとか助かったよ」

すぐに、とにかく逃げたからね。

と心の中で付け足すヨシダ。

「今、他の『七英雄』の方々が災厄を止めるために向かっています」

そう言って兵士が指さすと、ノーマン製の魔法で壁に映像が映し出されていた。

アリアと、アリアに向かい合うアランたちの姿が。

「ヨシダさんも向かいますか?」

「いや……いいよ。こう見えて骨が何本か折れちゃってさ。まともに体が動かないんだ」

「応急処置程度の回復魔法を施《ほどこ》すことはできますが……」

「だ、大丈夫《だいじょうぶ》。どうせ僕《ぼく》が行っても大した足しにはならないから……」

骨が折れているのは嘘《うそ》ではない。

だが治せたとしても、自分にできるのは『エーテル』属性使いなら誰でもできるようなレベルのサポートをなんとかこなすだけである。

ヨシダは改めて映像を見る。

(……アラン、君はやっぱり逃げないんだね)

前回アリアの絶望的な力を実際に体感したはずだ。

それでもアランは向かっていく。

他の英雄たちもそうだが、アランは特に昔から自分と違《ちが》って「強い」人間だった。

素質だけなら下手をすれば自分以下。

それでも弛《たゆ》まぬ努力と、いつ死ぬか分からない最前線に立ち続けることでいつの間にか誰よりも強くなっていた。

勇気に決意。

決して逃げない心の強さがそれを実現したのだ。

自分にはそれがない。

弱い自分を変えたいと思って討伐軍に入ったのに……結局はこうして逃げている。

「ごめん……アリア。君が好きになってくれた男は、こんなかっこ悪い男なんだよ……」

ヨシダは血が出るほど拳《こぶし》を握《にぎ》りしめてそう呟いた。

□□

少女は苦しんでいた。

少女はもがいていた。

世界を埋《う》め尽くす不愉快なノイズたち。

ザーザーと一時も心休まることなく鳴り続ける騒音《そうおん》。

そのノイズを消そうとしてしまえば、尊いはずのモノが消えてしまうのも分かっている。

だから心優《こころやさ》しい彼女《かのじょ》は最初、誰もいない場所に籠《こ》もっていた。

誰も傷つけたくないから……。

だが、ノイズは止まらない。日に日に大きく煩《うるさ》く世界を覆っていく。

（……お願い……お願いだから……静かにして）


しかし、休むことなく叩《たた》きつけられる不快な音と映像にとうとう少女の精神は耐《た》えられなくなった。

「……うるさい」

消えろ、消えろ。

静かにしてくれ私を囲むな。

そう願えば、勝手にノイズは消滅していった。

そうして少女は怪物《かいぶつ》となった。

もはやノイズに見えるものは元は何だったのか……それどころか自分は誰だったのかも忘れた。

全てのノイズを消し去る。

そのためだけに動く破壊と消滅の概念《がいねん》そのものになった。

そんな彼女に目の前に、六つの大きなノイズが現れた。

ザーザーザー!!

と、大音量で気持ち悪い騒音を撒《ま》き散らしてくる。

（……消さなきゃ）

またあの少年と一緒《いっしょ》に遊んでいた時のような……静かな温かい世界に戻るために。

□□

「来るぞ!!」

アランがそう叫《さけ》んだ直後。

アリアの体から吹き出した『拒絶の瘴気』が六人に襲いかかった。

もちろん大人しく当たってやる英雄たちではない。

皆《みな》、その場から飛んで逃《のが》れる。

そして先ほどまでアランたちがいた場所を大量の瘴気が飲み込んだ。

それだけに止まらない。

津波《つなみ》の如き瘴気はそこから数キロメートルに渡《わた》り、途中《とちゅう》にあるもの全てを消滅させてしまったのである。


「おっそろしいねえ……」

ケビンが冷《ひ》や汗《あせ》を流しながらそう言った。

「ああ、これでもまだ羽は三枚だ」

アランがアリアの背中を指差して言う。

アリアの背中には三枚の毒々しく輝《かがや》く虹色《にじいろ》の羽がついていた。

「前回もそうだったが、あの翼《つばさ》の数が増えるごとに『拒絶の瘴気』の力は増していく」

アランはイザベラの方を見る。

イザベラはデレクと手分けをして、魔《ま》法陣《ほうじん》を地面に描《えが》きそこに魔力を込めていた。

「『皇家六芒星封陣』の準備には対象を囲むように六つの超高等魔《ちょうこうとうま》法陣《ほうじん》が必要。結構な時間がかかるわ」

「ああ、急いでくれ。『町娘《まちむすめ》A』の翼は前回は最終的に八枚までいったがそれが封印できるギリギリのラインだった。あのまま放っておけばまだ翼の数は増えただろう。だからその前に……」

話しているアランに襲いかかる『拒絶の瘴気』。

「ふん!!」

その瘴気に対して、ドーラが横から棍棒《こんぼう》で殴《なぐ》りつけ吹っ飛ばした。

「……さすがは人類最強腕力《わんりょく》」

全てを破壊する瘴気を力技で防いだ戦友にそう言ったアラン。

「いや……少しくらったさね」

見ればドーラの腕の一部が少しだが抉《えぐ》れて出血していた。

「『草原かける旋風《せんぷう》、歌えや歌え』、春風一番『アサツバメ』!!」

ドンと、ケビンが必殺の風魔法《かぜまほう》でアリアを攻撃《こうげき》する。

しかし、当然のように瘴気がその一撃《いちげき》に立ちはだかる。

激突《げきとつ》。

ゴオッ!!

と轟音《ごうおん》が響《ひび》く。さすがは『無敵の遊び人』の必殺《ひっさつ》技。

凄まじい威力《いりょく》に一瞬《いっしゅん》力が拮抗《きっこう》する。

「もういっちょおオオオオオオオオオオオオ!!」

そこに加勢するノーマン。

得意の炎《ほのお》属性魔法を叩き込む。

一気に優勢になる英雄側の攻撃。

しかし。

バキバキバキィ!!

と肉と骨を突き破《やぶ》るグロテスクな音がして、少女の背中から四枚目の翼が生えた。

次の瞬間。

『拒絶の瘴気』の威力が凄まじい勢いで増した。

「むっ!!」

「ぐっ!!」

ケビンとノーマンの攻撃は一瞬で押《お》し返され、二人とも吹き飛ばされた。

「大丈夫か!?」

アランがそう言うと。

「ええ、まあ、なんとか。直前で自分から吹っ飛んで攻撃を受け流すタイプの魔《ま》法防御《ほうぼうぎょ》に切り替《か》えましたから」

ノーマンはそう言った。

「僕は……まあ、戦えないほどじゃないかな」

そう言ったケビンの額からは血が流れていた。

それを見てアランは言う。

「……やっぱりか？」

「ああ『拒絶の瘴気』でつけられた傷は、タイムリープしても回復しないみたいだねえ」

「そうか……まさに問答無用の破壊だな」

アランは少女から立ち上る禍々《まがまが》しいノイズを見てそう言った。

「……なら」

アランは武術である縮地と『スタンダードワープ』を組み合わせた高速移動術を仕様。

少女の視界から一瞬で消え去り。

「シッ!!」

背後に回ってその首目《め》掛《が》けて鋭《するど》く斬撃を打ち込んだ。

しかし。

ガシン!!

とアランの剣は後ろを向いたままのアリアの体から発生した『拒絶の瘴気』に防がれる。

「……完全に不意はついたのに、やっぱりオートガードか」

「……」

アリアが無言でこちらの方を振り返る。

アランは素早《すばや》く地面を蹴《け》った。

放たれる反撃《はんげき》の瘴気。

最初に撃《う》った時よりもさらに威力を増したノイズの波が、何キロメートルも破壊の濁流《だくりゅう》をばら撒いていく。

その威力を見て改めて思う。

（……やっぱりこれを野放しにしたら、人類はひとたまりもないな）

そして改めて少女の方に目をやった。

少女の背中から虹色の羽がもう一枚生える。

「……五枚目か、前回よりも増えるのが早い」

この戦いの間にもう二枚増えた。封印が可能な段階ギリギリまであと三枚。

アランはデレクとイザベラの方を見る。

二人とも最初の魔法陣の作成は終わり、三つ目と四つ目に取り掛《か》かっていた。

このペースだと間に合わない。

二人もそれは分かっているだろう。なんとか時間の短縮を図るはずだ。

（……急いでくれよ二人とも。八枚を超えてしまったら、いよいよ打つ手が無くなる）

□□

「……アラン」

ヨシダは戦友たちと幼馴染の少女の戦い。

アリアの『拒絶の瘴気』の力がどれだけ絶望的に強力なのかを知っているヨシダとしては、耐え、凌《しの》いで攻防《こうぼう》らしい攻防になっている戦友たちを改めて凄《すご》い人たちだと感じた。

しかし旗色がいいかと言われれば……正直厳しいところだった。

（アリアの翼が増えるペースのほうが早い……このままだと封印不可能になる……）

そうなれば直接倒《たお》すという選択肢《せんたくし》を取るしかないが、単純な真っ向勝負では明らかにアリアの方に軍配が上がった。

そもそも『拒絶の瘴気』という絶対の防御であり絶対の攻撃を常時ばら撒いているアリアの存在は自然現象に近い。強いとか弱いとか、そういう段階の話ではないのである。

（……何より、単純にアランとは相性《あいしょう》が最悪だ）

『七英雄』のリーダーでもあり前回の戦争で最も多くの戦果を上げ、今回の戦いでも『魔《ま》王』ベルゼビュートを倒した男。

しかしアリアに対してはほぼ無力に近い状態だった。

何せアランの戦闘の基本は、徹底的《てっていてき》に鍛《きた》え上げた基礎《きそ》技術による円熟の剣技である。

だが、ありとあらゆる攻撃を絶対的な力技の防御で防いでしまうアリアには、フェイントやキレのある剣撃をいくら撃ったところで意味がない。

おまけに基本的に全ての攻撃が、アランの対処が苦手な範囲《はんい》攻撃《こうげき》である。

さらにいえば「アリアは人間」なのだ。

放たれている『拒絶の瘴気』は時間が経つと魔人《まじん》族の魔力と同質のものになる性質があるが、あくまで本体は人間。

よって『光の魔力』が発動しない。

単純な火力で『拒絶の瘴気』を防ぐことが必要なアリアとの戦いにおいて、無属性の魔力しか使えないのは致命的《ちめいてき》と言ってもいい。

「……でも、大丈夫だ。アランならきっと」

彼《かれ》は自分なんかと違って凄いやつだ。

どんな逆境でも勇気と決意で切り抜ける。

これまでもそうだった。

きっと今回もそうするに違いない。

そんな風に自分に言い聞かせるように呟いた。

（……僕なんかがいなくても、彼ならなんとかする……そのはずだ）

そんなことを思いながら苦戦する戦友の姿を、ただ立ち尽くして見ることしかできない。

そんな時。


「クソ!!　放せ!!　俺《おれ》もあそこに行くんだ!!」


聞いたことのある声が、負傷者用のベッドの方から聞こえてきた。

騒《さわ》いでいたのはベッドの上のグリフィスである。

他の『グレートシックス』のメンバーも一緒だったが、死んではいないようだが気を失っている。

どうやら自分と同じで運よく生きていたらしい。

しかし、ヨシダとは違いグリフィスたちは本当に重傷《じゅうしょう》だった。

「無理ですよ!!　なぜかアナタたちの怪我《けが》は回復魔法で治らないんです!!　大人しくしていてください」

「うるさい!!　怪我ならあの人たちの方がよっぽどしてるだろ!!　俺は戦うんだ……ぐう

っ」

看護師を振《ふ》り払《はら》い、無理やり立とうとしてその場に倒れるグリフィス。

ヨシダと目が合った。

「ヨシダさん……？　え？　あんたなんで戦いに行ってないんだ？」

グリフィスは本気で意外そうな顔をしてそんなことを言う。

「他の『七英雄』たちが戦ってるのに……何か作戦でもあるのか？」

「え……いや、そういうわけじゃ」

「じゃあなんでこんなところにいるんだよ？」

真《ま》っ直《す》ぐな目でそう聞かれる。

その視線が辛《つら》くて目を逸《そ》らしながら言う。

「僕は行っても無駄《むだ》だ……あのレベルの戦いについて行っても足手纏《あしでまと》いにしかならない……ん」

「アンタには補助魔法があるじゃねえか。確かに並以下の効果しか出せねえのかもしれねえけど、足しにはなるはずだろ？」

「そうかもしれない……そうかもしれないけど……」

ヨシダは堪《たま》らなくなって言ってしまう。

「怖《こわ》いんだよ……僕は……臆病者なんだ」

そんな自分でも言いたくないような本音だった。

「他の『七英雄』たちのような……君たちのような勇気がないんだ。僕は弱虫だから……変わろうと思っても変われなかったから……」

そうだ。

戦う者に一番必要な要素。

『七英雄』や『グレートシックス』や最前線で戦うものたち、そしてアランが誰よりも持っている『勇気』。それが自分には欠けている。

だから自分は英雄足り得ない。

「そんなことはねえ!!」

グリフィスはそんな弱々しいヨシダの態度が気に食わないと声を上げた。

「アンタは前回魔王《まおう》城の最後の戦いまでついて行ったんだろ？」

「それは……」

「一度一緒に戦ったから分かる。ずっと後方支援だったのかもしれねえけど、アンタはちゃんと修羅《しゅら》場《ば》を潜《くぐ》り抜けてきた人間だ。俺はそれを感じて尊敬したんだ。なのにそんなに情けねえこと言わねえでくれよ!!」

若き戦士の熱い言葉が、作戦本部に響く。

「あと一歩だ!!　アンタの勇気はあと一歩のところまで来てるんだ!!　踏《ふ》み出せよ先輩《せんぱい》!!

俺たち後輩《こうはい》にかっこいいところを見せてくれよ……うぐっ」

叫んだところで精根《せいこん》尽き果てたのか、グリフィスは気を失う。

「グリフィスくん!?」

慌《あわ》ててベッドの上に戻《もど》して治療《ちりょう》を始める医療《いりょう》スタッフたち。

そして、ヨシダは……。

「……僕は」

まだ、その場に立ち尽くし地面を見つめる。

足が動かなかった。

ここまで言われても、まだ動き出せない自分に自分でも呆《あき》れ果てる。

その時。

「なんか……苦しそうだな、あの子」

戦闘の映像を見ている一人が、不意にそんな言葉を呟いた。

人類を滅亡《めつぼう》の危機に晒《さら》そうとしている対象に、そんなことを言うものは誰もいなかった。

たぶん言った本人もなんとなく思っただけなのだろう。

しかし、その言葉にハッとしてヨシダは映像を見た。

そこには絶対に忘れることのできない少女の顔が映っていた。

虚無に満ちて感情など読み取れそうもないであろうその表情。

しかし。

……確かにその顔が、幼馴染のヨシダには苦しんでいるように見えたから。


ヨシダの足は気がついたら動いていた。

□□

「六枚目か……」

アランは素早く動いて、アリアの『拒絶の瘴気《しょうき》』を躱《かわ》しながらそう呟いた。

アリアの背中に生えた虹色の翼はどんどん数が増えていく。

それにより上昇《じょうしょう》する魔力。

放たれる攻撃一つ一つは、もはや最初のものとは比べものにならないほどの威力になっていた。

もしこれが第一王国に辿《たど》り着いたとしたら、一日と持たずに全土を更地《さらち》に変えてしまうだろう。

「……しかし、攻防のバランスが難しいところだな」

ノーマンがそう言った。

アリアの性質は戦闘者ではなく現象に近い。

よって攻撃に当たらないようにするだけなら、とにかく逃げればいいのである。

しかし『皇家六芒星封陣』は封印の対象が六つの魔法陣の真ん中にいなければならないし、魔法陣を作っている者に攻撃をさせないようにしなくてはいけない。

だから足止めのためにアリアに攻撃を加えなければならないのである。

しかし、半端《はんぱ》な攻撃ではアリアの注意を引くことすらできず、かといってあまり強力な攻撃を打ちすぎるとこちらの魔力が尽きて、回避《かいひ》や攻撃を防御《ぼうぎょ》をするための余力がなくなってしまう。

「おおおおおおおおおおおおおおおおおお!!」

ドーラが土属性魔法で巨大《きょだい》な岩を生み出し、それを剛腕《ごうわん》で投げつける。

直径30mはある巨石《きょせき》がまるで小石でも投げたかのような速度でアリアに向けて襲《かさね》いかかった。

しかし、羽が増えて量と密度がさらに増したノイズが、アリアに近づく前に巨石を粉砕《ふんさい》し消滅《しょうめつ》させてしまう。

アリアはそちらに反応すらしなかった。

「はっ、もうこれくらいじゃ見向きもしないかい」

「普通《ふつう》の戦いだったら陣営《じんえい》の基地ひとつ半壊《はんかい》させるくらいの攻撃だと思うけどねえ。もう、僕らの超大技《ちょうおおわざ》くらいじゃないとダメなんじゃないかいこれ？」

ケビンも半ば呆れながらそう言った。

（……しかし、本当にこの少女は俺と相性が悪いな）

アランは改めてそう思う。

今のアリアに『光の魔力《まりょく》』を発動できないアランが注意を引くことのできる攻撃は無いだろう。

（……それなら）

アランは魔法陣を作っているデレクとイザベラの方に目をやる。

現在まだ三つ目と四つ目。もうすぐ完成と言ったところだろうか？

「……なあ皆、作戦を変えよう」

アランはそう言って、今思いついたことをドーラとケビンとノーマンに言う。

それを聞いて頷《うなず》く三人。

「……」

そこに容赦《ようしゃ》無《な》く放たれるアリアの『拒絶の瘴気』。

四人はギリギリのところで四方に散らばってそれを躱す。

「頼《たの》んだぞ!!」

アランがそう言うと。

「了解《りょうかい》だよ」

「……まあ、いい判断だな」

「めんどくさいねえ」

三人はそう言った。

そしてアリアの背中からもう一枚翼が生える。

七枚目。

ゴオッ!!

と、垂れ流しにしているノイズの密度が増大し、もはやそこに存在しているだけで周囲の空間が歪《ゆが》み始める。

封印限界まであと一枚。

最後の攻防が始まる。

アリアの繰《く》り出す破壊《はかい》と消滅のノイズをなんとか防ぎつつ、膨大《ぼうだい》な魔力を使った大技を叩き込《こ》んでなんとか足止めする英雄《えいゆう》たち。

「オラオラオラアアアアア!!」

特に魔力量の多いノーマンの活躍《かつやく》は目覚ましかった。

「はっ、随分《ずいぶん》元気になったねえ」

ドーラも先ほどよりもさらに倍以上あるサイズの岩を投げつける。

「二人と比べられると嫌《いや》になるねえ!!」

そんなことを言いつつ、ケビンも強力な風系統魔法を斬撃に乗せて放つ。

ドゴオオオオオオオオオオオ!!

と三人の英雄の渾身《こんしん》の一撃がアリアに襲《おそ》いかかる。

周囲の地面を盛大《せいだい》に抉り取り、土煙《つちけむり》が天まで昇《のぼ》らんかと言わんばかりの大威力である。

さすがのアリアも、少しはダメージを受けたかと思うほどだった。

しかし。

煙《けむり》が晴れる。

少女はやはり無傷。

そしてその背中には。

「……八枚目か」

ドーラが額に汗を流しながら言う。

封印限界。

背中の羽が増えるたびに、少しずつだが少女の体には呪《のろ》いのような模様が広がっていくのだが、この枚数になるとほとんど全身に広がっている。

前回最後に見た、ドーラですら戦慄《せんりつ》を禁じ得ない姿だった。

しかし。

「……だが、間に合ったぞ」

アランの声が響いた。

なんとその声の出所は魔法陣を作成している方角からだった。

「『皇家六芒星封陣《ろくぼうせいふうじん》』が無属性魔法で助かったわね」

イザベラがそういった。

アランはアリアの陽動を三人に任せ、自分は魔法陣の作成の方に切り替えていたのである。

とはいえアランの魔力量自体は少ないので、少しは足しになるという程度だったがこの場面ではその少しが重要である。

「始めるぞ!!　場所につけ!!」

デレクがそう言うと、陽動をしていた三人がそれぞれ地面に描かれた六つの魔法陣の上に立つ。

「『猛《たけ》き男と優《やさ》しき女、眩《まばゆ》き光と混沌の闇《やみ》、蠢《うごめ》く生と静弱の死、混ざりて『人界』天地万《ばん》物《ぶつ》を治めん』」

デレクがそう詠唱《えいしょう》し、六人がその質の高い魔力を込めると、六つの魔法陣が線で結ばれ地面に巨大な六芒星《ろくぼうせい》が輝き出す。

そして六人が同時に叫ぶ。

「『人に幸《さち》あれ!!　災厄封《さいやくふう》ぜよ!!　『皇家六芒星封陣』!!』」

巨大な結晶《けっしょう》がアリアを取り囲むように発生していく。

当然アリアの方も黙《だま》ってやられているわけではない。

自分に迫《せま》ってくる結晶にノイズを叩きつけるが……。

結晶は破壊されつつも、それよりも早く次々に生み出される。

先ほどまで絶対的と言っていいほどの力を誇《ほこ》っていた『拒絶《きょぜつ》の瘴気』が押し負けているのだ。

『皇家六芒星封陣』。

それは『人界』における最強最古の封印術式。

作り話か本当の話なのか定かではないが、大陸正教の文献《ぶんけん》の記述では神を封印したとされる術式である。

かつて『人界』に現れ、皇帝《こうてい》に王権を、そして人々に魔法《まほう》と祝福を与《あた》えたとされる神。

しかしその神は人々の心の中にあるどうしてもぬぐい落とせない汚《けが》れを許すことができず、人々を裁き始める。

だが同時に、神はそんな人々を許したいとも思っていた。

そこで暴走する自分を止める手段として人々に授《さず》けたのが、皇帝の一族の血を使って加工した封印石を使った『皇家六芒星封陣』である。

その封印を使って人々は神を封印し、神は自分にすら立ち向かい自ら道を切り開こうとする人類にその希望を託《たく》した。

ちなみに、その性質上、神とその神の祝福を受けた『人界』の生き物に使用が限定されるため、魔人族を封印することはできない。

そんな、究極の封印魔法《ふういんまほう》が今再び少女の体を結晶の中に飲《の》み込んでいく。

「これで……最後だ!!」

アランがそう叫ぶと、六人はさらに大量の魔力を流《なが》し込む。後のことなど考えない、残りの魔力を振り絞《しぼ》っての追加魔力。

結晶の勢いが増し、アリアの瘴気の勢いを完全に上回った。

……そして。

結晶が少女を完全に飲み込んだ。

□□

「……はあ……はあ……はあ」

アランは膝《ひざ》に手をついて肩《かた》で息をする。

そして顔を上げて目の前に聳《そび》え立つ結晶を見た。

「終わったか……ようやく」

長い戦いだった。

期間だけ見れば、前の戦争とは比べるまでもないが十分すぎるほどに危険で厳しい戦いだった。

他の五人も魔力をほとんど使い果たしたのか、同じように肩で息をしている。

「……見てるかウィリアム、ロートルなりに頑張《がんば》ってみたぞ」

そう呟《つぶや》いた時。

（……待て）

アランは結晶に閉《と》じ込められたアリアの姿を見て一つの違和感《いわかん》に気づく。

（羽が……残ったままだ……）

そう、結晶に閉じ込められたアリアの八枚の羽が背中に生えたままだったのである。

『皇家六芒星封陣』は対象のあらゆる力を無効化し押さえ込む。おそらく体内から吹《ふ》き出す力の結晶であろうアリアの翼は、前回封印《ふういん》した時は消えてなくなっていた。

つまり、その翼が消えていないということは……？

結晶の中のアリアの背中から、新たな虹色の羽が伸《の》び始める。

「皆んな!!　まだ終わっていない!!」

次の瞬間《しゅんかん》。

バキイイイイイイイイイイイン。

という音と共に結晶が砕《くだ》け散り、凄《すさ》まじい量と密度のノイズが英雄たちを吹き飛ばした。

□□

その状況《じょうきょう》を一言で表すなら大惨事と言う他ない。

数キロメートルにも渡る巨大なクレーターと、見渡《みわた》す限り何もない大地が広がるだけの景色が広がっていた。

「……アンタら生きてるかい？」

ドーラはその筋骨隆々《りゅうりゅう》の肉体を地面に横たえながらそう言った。

「まあ……奇跡《きせき》的に……」

ケビンがそう答える。

しかし、ケビンも全身にダメージを負って横たわっている。

二人だけではない、六人全員が先ほどの『拒絶の瘴気』の流出で戦闘《せんとう》続行不可能と言って良いレベルのダメージを受けて倒れていた。

「まさか『皇家六芒星封陣』を破ってくるとはな……」

デレクが苦々しい声でそう言った。

「ええ……それに」

イザベラがそう言ってアリアの方を見る。

背中から十六枚の虹色の翼を生やした少女がそこに立っていた。

先ほどまでよりもさらに何倍もの『拒絶の瘴気』を身に纏《まと》い、全身を覆《おお》う呪いのような模様が進行し、体の一部がグロテスクな魔物《まもの》のように変化しているアリアがそこにいた。

それはつまり、絶望そのものがそこに立っていると言ってもいい状態だった。

そもそもアリアを止める術は『皇家六芒星封陣』以外に存在しない。真っ当に戦って倒すことは『拒絶の瘴気』の絶対的な防御がある限り不可能なのである。

しかし、そのリミットである八枚の倍の枚数の翼を背中から生やし、その分ノイズの量と密度も増大した。

もはや封印は不可能。そしてアリアはその気になれば、国一つを一瞬で更地にできるほどの力を有していることが想像できる。

「……はは、こいつはさすがに参るな」

ノーマンが乾《かわ》いた声で笑いながらそう言った。

『七英雄』たちは皆があらゆる修羅場を潜り抜《ぬ》けてきた歴戦の戦士である。

だが……それでも、これにはさすがに心が挫《くじ》けざるをえなかった。
しかし……。

「まだだ!!」

真っ先に立ち上がる男が一人。
『光の勇者』アラン・グレンジャー。
そう、勇者に膝をついてうずくまるという選択肢は存在しない。
どんなに絶望的な状況でも、圧倒的《あっとうてき》に敵の方が強くても。
勇気と決意で立ち上がるのだ。
「……はっ、相変わらずだねえ」
ドーラはその背中を見て立ち上がる。
他の五人も同じように立ち上がってアランの後に続く。
そうだ。
前回の戦争の時もそうだった。
皆《みな》が初めてアランを見た時に同じ感想を抱《いだ》くのだ。

さすがにここまで才能の乏《とぼ》しいやつは初めて見た……と。そして最後はその勇敢《ゆうかん》な背中に、自らの気持ちを奮い立たせられる。

だから我の強い英雄たち全員がアランを自分たちのリーダーと認めている。

六人は絶望的な力を吹き出し続ける怪物《かいぶつ》を前に、ボロボロの体を引きずりながらも歩いて行く。

これが勇気だ、これこそが英雄の姿だと。

……そして。

「はあ……はあ……。皆んなごめん、遅《おそ》くなった」

最後の一人が、ようやくその場に現れた。

□□

戦いの場にやってきたヨシダの最初に目に入ってきた光景は、変わり果てた幼馴染《おさななじみ》の少女の姿だった。

背中の肉と皮膚《ひふ》を突《つ》き破って生える十六枚の禍々しい虹色《にじいろ》の羽、全身に行き渡《わた》った呪いのような模様、そしてグロテスクな怪物のものに変わってしまった右腕《みぎうで》から肩にかけての部分。

（……アリア）

目を覆いたくなったが、それはダメだ。

向き合うためにここまできたのだから。

「ヨシダ……来たのか？」

アランがそう言った。

ボロボロの状態でも背筋を伸ばし、目には勇気と決意を輝《かがや》かせた同期の勇者。

自分とは違《ちが》う本物の英雄。

こうして話しかけられるだけで恐縮《きょうしゅく》してしまう相手だが。

「うん……。足を引っ張るだけかもしれない……でも、一緒《いっしょ》に戦わせて欲《ほ》しい」

ヨシダは恐《おそ》れと遠慮《えんりょ》を飲み込んでそう言った。

「……」

アランがこちらの目をじっと見てくる。

正直、お前が来ても大した役には立たないから引っ込んでいろと言われても何も言い返せない。

何せ自分は前回の戦い、最後の最後まで後方支援《しえん》。なんなら魔王城の戦いなど途中《とちゅう》で作った補給基地の見張り番である。

誰《だれ》でもできる働きしかしなかったのだ。

実際に戦闘となればできることは平均以下の補助魔法程度。

しかしアランは……。

「そうか……それは心強いな」

そう言って笑った。

「いいの？　こんな臆病者《おくびようもの》で……皆んなと違って戦闘能力もないし、誰でもできるような後方支援しかできない人間でも」

「はは、何をバカなことを」

アランはこちらの目を真っ直ぐに見て言う。

「戦闘能力がない、誰でもできるような後方支援しかできない……だがそれがどうした？『俺たちに最後までついて来たのはお前だけだ』」

「……」

「お前のその勇気と気の利《き》いた支援はいつも頼もしかったぞ」

ヨシダは言葉が出なかった。

アランはお世辞をいうタイプではない。

まさかずっと眩《まぶ》しく思っていた相手がそんな風に思っていたとは。

「それにな……あの少女から逃《に》げ出したのを悔《く》いていて、それを自分の心が弱いせいだったと思っているなら俺は間違《まちが》ってると思うぞ。それなら戦闘能力が皆無《かいむ》なのに魔王城の最終決戦までついてくることなんてできはしない」

そしてアランはヨシダの肩を叩《たた》いて言う。

「お前は弱かったんじゃない。『優しかった』んだ、愛した少女を傷つけたくなかった、生きていて欲しかった……そうだろ？」

「……」

「そして、きっと今もあの苦しんでいる少女を助けたいと思って来たはずだ……違うか？」

（……ああなんで）

ヨシダの目にじわりと涙《なみだ》が浮《う》かぶ。

なんでこの勇者は、こんなにも強いのにこんなにも人の気持ちが分かるのだろうか？

「……うん、そうだ。生きていて欲しかった……アリアに、ただ昔みたいに笑っていて欲しかったんだ」

当たり前じゃないか。

初恋《はつこい》の相手で、この子を守れるように強くなりたいと思った相手なんだから。

「でも、だからこそ、アリアの最後の願いを叶《かな》えてあげなくちゃいけない、人を傷つけるのが嫌《きら》いだったあの子を破壊の怪物になんてさせておけないから……」

ヨシダは涙を拭《ぬぐ》って、前を見て言う。

「うん……僕《ぼく》は僕の『優しさ』で、アリアを苦しみから解き放つよ」

それを聞いたアランは、ドンとヨシダの背中を叩いてそう言った。

「協力させてもうぞ……『戦友』!!」

「っ!!」

また涙腺《るいせん》が緩《ゆる》くなりそうなことを言ってくるアラン。

しかし、アランだけではなかった。

「遅かったじゃないかい、ヨシダ」

ドーラがそう言ってヨシダの隣《となり》に立つ。

いや、他の五人も同様にヨシダの横に並んで立った。

彼らの表情には、足手纏いが来たというような感情は一切ない。

むしろアラン同様、頼もしい味方が来たじゃないかとどこか嬉《うれ》しそうな顔をしている。

「……俺だけじゃない、皆んなお前のことを俺たちと同じ『英雄』の一人だって認めてたんだぞ」

「そう……そうだったんだ」

（……ああ、なんて頼もしい仲間だ）

ヨシダは左右に三人ずつ並ぶ戦友を見て心からそう思う。

自分自身が弱いことなんてそんなこと、こんな心強い仲間がいれば些《さ》細《さい》なことじゃないか。

そして、改めて正面を見据《みす》える。

「……」

無言で虚空《こくう》を見つめ、全身から禍々《まがまが》しいノイズを放つ幼馴染の少女。

もはや放たれる魔力の密度は人智《じんち》を超越《ちょうえつ》している。この世界にある全ての魔力をかき集めてぶつけても、アリアの『拒絶の瘴気』の方が上回るかもしれない。

最強の封印術式すら軽く粉砕され、倒《たお》すことは不可能な状態である。

だが……。

「一つだけ……アリアを倒せるかもしれない方法がある」

ヨシダは他の六人に言う。

「アリアはノイズがかかって見えているものに対して『拒絶の瘴気』が自動的に防御して触《ふ》れることができない。逆に言えば、ノイズがかかっていない相手なら触れることができるんだ……そして、アリアの世界が全てノイズに飲み込まれる前……最後の最後までノイズがかからなかったのは僕だった」

そう言ってヨシダは懐《ふところ》からナイフを取り出す。

決して手放すことのできなかった、装飾《そうしょく》のついたナイフ。

あの日、アリアに自分を殺してくれと頼まれた時に手渡《てわた》されたナイフだった。

「だから……もしかしたらだけど、僕が近づいて声をかければ僕のことを認識《にんしき》してノイズが解けるかもしれない。その瞬間に僕がアリアを刺《さ》す」

「なるほどね……筋は通ってるけど、それが成功する確率は？　根拠《こんきょ》は？」

リアリストのイザベラがすぐにそう聞いてくる。

「ええと……確率は……正直低いと思う。根拠はその……幼馴染同士の『愛』ということでどうかな……」

ヨシダは自信なくそう答えた。

自分自身確信を持っているわけではないのだ。

「『愛』ってアナタ……」

イザベラが少々呆れたような目線を向けてくる。

しかし。

「『愛』か……勝算アリだな」

なんと真っ先に賛同したのはデレクだった。

その瞳《ひとみ》にはこの前まではなかった、どこか吹っ切れたような感情と悲しげな色が浮かんでいる。

「うん、いいじゃない……嫌いじゃないよ。そこに賭《か》けるのは」

ケビンもこんな状況ながらどこか愉快《ゆかい》そうにそう言った。

「ちょっとアンタたちもうちょっと真面目に検討しなさいよ」

イザベラがそう言うが。

「アタシも賛成だよ」

ドーラがそう言った。

「ドーラ、アンタまで」

「今のヨシダいい顔してるよ。こういう顔した男は信頼《しんらい》できるさね」

はあ、とため息をつくイザベラ。

「……まあ、他に手立ても無いし……それに前の戦争でさんざん支援してもらったしね。分かったわヨシダ。アナタの作戦に協力するわよ」

……そして。

「ここで決めたら最高にかっこいいぞヨシダ。ぶちかましてやれ」

ノーマンは尊大に腕組《うでぐ》みをしながらそう言った。

昔のちょっと痛々しいけど楽しそうな姿に戻っていた。

「皆んな……ありがとう」

「よし、じゃあ。それで行くか。俺《おれ》たち六人でなんとかお前をアリアの前まで送り出す。そこからは頼んだぞ」

アランが最後にそうまとめて作戦は決まった。

あとは勇気と決意を持って実行するのみ。

七人が今一度、敵である最後にして最強の怪物に向き合う。

「……しかし、感慨深《かんがいぶか》いな」

アランがしみじみとそう言った。

「実はな……後方支援はありがたかったが、いずれはヨシダともこうして肩を並べて戦いたいと思っていたんだ」

「そうだったんだ……」

皆から『七英雄』と呼ばれていたが、これまでは自分だけ後方での支援活動担当だった。

これが初めて。

最前線で共に戦うのはこれが初めてだった。

アランは言う。

「さあ行こう……初めての『七英雄』全員での戦いだ!!」

□□

『七英雄』たちは一斉《いっせい》にアリアに向かって駆《か》け出した。

いよいよ始まる、本当に本当の最後の戦い。

アリアまでの距離《きより》は約100m。

ヨシダ以外なら魔法なり体術なりであっという間に移動できる距離だが、今回はそのヨシダをアリアの前まで運んでいかなければならない。

そして何より、その間に黙って待っていてくれる相手でもない。

ゴオッ!!

と、十六枚の羽を生やしたアリアによるノイズが放たれる。

その威力《いりょく》、密度、もはや天変地異に等しい。

幼馴染の姿であってもやはり今はノイズがかかっているのだろう。

真《ま》っ直《す》ぐに自分に向かってくるヨシダに対して容赦無くその一撃《いちげき》を放った。

もちろん喰《く》らえば一瞬《いっしゅん》で消し炭になるだろう。

だが。

「頼んだぞ!! ケビン、イザベラ、ノーマン、ドーラ!!」

アランがそう叫《さけ》ぶと。

「「「「おう!!」」」」

そう言って四人が前に飛び出してくる。

先ほどの封印のために魔力はほとんど使い切った。

だがしかし、ここで振《ふ》り絞らずにどうする。

まずはケビンが左手に持った剣《けん》に風属性の魔力を込める。

「終わりを歌う虎落笛《もがりぶえ》、始まり告げる初松籟《はつしょうらい》、巡《めぐ》る季節に生命《いのち》も巡る……これが最後の一仕事」

剣が纏う風がやがて凍《い》てつくような冷たい冷気を帯びた。

風属性は究極にまでその循環《じゅんかん》速度を高めると「温度を奪《うば》う」という現象が起こり始めるのである。

「雪風踊《おど》れ『シモヨノツル』!!」

それほどまでに超高速《ちょうこうそく》で風を循環させた、もはや局所的な猛吹雪《もうふぶき》の如き一撃。

「サンダーネイルハイグレード。『ジュエルフラワー』!!」

イザベラの得意技《とくい》である『サンダーネイル』は、指に魔術的《まじゅってき》なエンチャントを施《ほどこ》したネイルを先に塗《ぬ》っておき雷《かみなり》属性魔法の威力を強化し詠唱の省略を実現したものである。

しかし十本の指の中で右手の薬指のネイルだけは他のものとは違う。

立体的な花のネイルが施され、さらには指につけた特注の魔法触媒《まほうしょくばい》宝石によって一日に一発だけだが、強力な電撃《でんげき》を放つことが可能である。

ドゴオン、と。近場で落雷《らくらい》が落ちたかの如きもはや電撃の音と言うよりは爆発《ばくはつ》の音というレベルの轟音《ごうおん》が響《ひび》き渡る。

「唸《うな》れ!! 母なる大地!! 『アースブレイカー』!!」

ドーラは渾身の力を込めて最大パワーで地面をぶん殴《なぐ》った。

使用した魔法は、土属性魔法でその効果はシンプル。

地面を介《かい》して衝撃《しょうげき》を伝達するという魔法である。

ドーラが使用すればまさにその威力は必殺。

その腕力《わんりょく》によって生み出したパワーを地面が自らを抉《えぐ》りながら、『拒絶の瘴気《しょうき》』に向かって伝えていく。

そして。

「ファイヤアアアアアアアアアアアアアアアアアアアアアアアああああああああああああああああああああ!!」

と最後にノーマンの魔《ま》法詠唱《ほうえいしょう》のクソもない、勢いだけの炎《ほのお》属性魔力ぶっ放しが繰り出された。

『七英雄』四人の最大火力が、アリアの『拒絶の瘴気』と激突《げきとつ》する。

ドゴオオオ。

と凄まじい轟音が響き渡った。

さすがは英雄たちの一撃と言ったところか。『拒絶の瘴気』を一瞬受け止めたが。

「ぐっ!!」

すぐに押《お》し返される。

仕方のないことだろう。もはやアリアはこの星の全ての魔力エネルギー、いや『魔界《まかい》』全ての魔力ネルギーを合わせても及《およ》ばない存在と化したのだから。

そもそも四人の最大必殺技《ひっさつ》に対して、アリアの一撃は通常攻撃《こうげき》なのだ。

それくらいの絶望的な馬力の差がある。

しかし……。

「それでも……方向を変えるくらいは行けそうだねえ」

ケビンがそう言うと、四人は自分の攻撃を打っている向きを少し斜《なな》め上に変えた。

それによって『拒絶の瘴気』は方向を上に逸《そ》らされ、ヨシダたちを外れる。

「よっしゃあ!!」

ガッツポーズをとるノーマン。

攻撃を防いでもらったヨシダと、その両隣《りょうどなり》を走るアランとデレクがその隙《すき》に前に進む。

あと70m。

しかしアリアは素早《すばや》くこちらに視線をうつす。

せっかく頑張って先ほど攻撃が防いだのだが、アリアが撃《う》ったのは通常攻撃。

当然それほど長い隙などできるものではない。

そして今度は、先ほどのような一帯を飲み込むほどの膨大な量ではなく、まるでビームのように細い『拒絶の瘴気』をヨシダたちに向けて放つ。

それも一本二本ではなく、一気に数百本も。

こんなものは躱《かわ》せるわけがない。

三人は無惨《むざん》にもその『拒絶の瘴気』に貫《つらぬ》かれた。

しかし……。

パシュ!!

という、音と主にヨシダたち三人の体が霧《きり》になったのである。

「……『亡霊の霧《ファントムフォッグ》』」

先ほどまでいたはずの場所とは違うところにいつの間にかいたデレクが、腕組みをしながらそういった。

「水属性魔法の特性は『応用性』。この霧のダミーはちゃんと、人体の水分を使ってるんだ。ちゃんとノイズがかかった本物と誤認《ごにん》してくれたみたいだな」

しかし、デレクの隣に二人はいない。

いつの間にかアランとヨシダはアリアの背後に迫っていた。

残り40m。

アリアはまだ反応できていない。

しかし、最後の問題があった。

完全に意表をつき、アランたちに向けて『拒絶の瘴気』が撃たれることはない。

あとはヨシダがアリアの前に行ってナイフで刺すまで自動防御《ぼうぎょ》が発動するような攻撃をする必要もない。

だが、今はアリアが常時垂れ流しているノイズだけでも膨大な量なのである。

近づこうとすれば日の中に飛び込む虫の如く、飲み込まれ消滅《しょうめつ》してしまうだろう。

しかも、ヨシダの前を走るアランは現在、『拒絶の瘴気』を吹き飛ばす手段がない。

だが。


「オオオオオオオオオオオオオオオオオオオオオオオオオオオ!!」


アランが雄叫《おたけ》びを上げる。

その瞬間、なんと体から迸《ほとばし》る『光の魔力《まりょく》』。

本来魔人《まじん》族相手にしか発動しないそれを、アランは発動してみせたのである。

アランの剣がまとった光が、垂れ流され漂《ただよ》っていた『拒絶の瘴気』を吹き飛ばした。

「いけ!!　ヨシダ!!」

「ああ‼」

ヨシダは駆け出した。

アリアまであと30m。

(……やっぱりアランは凄《すご》いなあ)

そんなことを思うヨシダ。

なぜ魔人族にしか発動しないはずの『光の魔力』を使うことができたのか?

理由は……たぶん『勇者だから』。他の小賢《こざか》しい理由なんてないのだろう。

本当に凄い英雄《えいゆう》だ。

自分と違って沢山《たくさん》の敵を倒し、何度も何度も沢山の人を救って来たのだろう。

(だから……一度くらいは僕も)

そう言ってヨシダは走りながらアリアの方を見る。

あと20m。

改めて近くで見る幼馴染は、少しだけ成長したし一部が怪物のように変形しているが、
それでも昔のままだった。

初恋で大好きな相手で、一緒にいるだけで温かい気持ちになれたあの時の少女の姿のままだった。

あの日から、三十年も経《た》ってしまった。

自分はもう四十二歳《さい》。中年のオヤジだ。

こうして走っていてもすぐに息切れしてしまう。元々体力がある方ではなかったが、それと比べても明らかに落ちている。

肌《はだ》には年相応のシワができ、顔もちゃんと老《ふ》けている。

（……アリアは、こんな僕をちゃんと僕だと分かってくれるんだろうか？）

ふと、今更《いまさら》ながらそんな不安が頭をよぎる。

あと10ｍ。

ここまで接近すると愛した少女の姿がよく見える。

絶望と虚無《きょむ》に囚《とら》われ、世界の美しさを見失った少女がそこにいた。

その姿を見ると「やらなければ」という意志が沸《わ》き上がってくる。

あと５ｍ。

ヨシダはナイフを構える。

三十年前、アリアから手渡されたナイフ。

震《ふる》える声で自分を殺して欲しいと言われ、その場で決意することができず、持ったまま逃げ出してしまったナイフの刃《やいば》をアリアに向けた。

あと3m。

アリアはもう目の前だ。


「アリア!!」


ヨシダは少女の名前を呼んだ。

届いてくれ、僕に気づいてくれ、約束を守るためにここまできたからと。

その瞬間。

少女の濁《にご》り切った瞳にほんの僅《わず》かに光が戻《もど》った。

「……あ、ヨシダだ」

そう言って出会った頃《ころ》のような、嬉しそうな笑顔《えがお》をこちらに向けてきた。

(……っ)

その笑顔を見た瞬間に、脳裏《のうり》をよぎるアリアとの記憶《きおく》。

辛《から》いことも多かった。ノイズが見えるようになってからはむしろ辛い記憶の方が多かったかもしれない。

でも、楽しい記憶はそんな辛さなんて消し飛ぶほど楽しかったし輝いている。

何より……どんな辛い時でも、大変な時でも、アリアと一緒にいられるだけで幸せだったのだ。

大好きな人、愛《いと》しい人、初恋の幼馴染。

生きていて欲しい。

君にはずっと笑っていて欲しかった……。

そんな想《おも》いに足が止まりそうになる。

でも。

「あああああああああああああああああああ!!」

今度はヨシダは動いた。

涙を流しながら勇気と決意……そして『優《やさ》しさ』をその胸に滾《たぎ》らせて。

あと1m。

そして……。

グサリと、ヨシダのナイフがアリアの心臓を貫いた。

「あ……」

アリアの胸から鮮血《せんけつ》が流れ、周囲にあった『拒絶《きょぜつ》の瘴気』が消えていく。

「ごめん、僕が臆病《おくびょう》だったばっかりに……優しい君に苦しい思いをさせて……」

冷たくなっていくアリアを抱きしめながら、さらに涙を流すヨシダ。

もっと早くこうするべきだった……三十年前に、アリアの頼《たの》まれた時にこうしていれば……アリアは誰も殺さずに済んだし、何年もノイズに苦しめられ続けることもなかったのに。

「ごめん……ごめん……」

何度も謝《あやま》るヨシダ。

アリアは細い腕《うで》でヨシダの体に手を回してきた。

「……ああ、静かであったかい」

出会った頃の、美しい世界を見ていた瞳で空を見上げる。

「綺麗《きれい》な空……ありがとう。ヨシダ」

そしてアリアはヨシダの胸の中で、穏《おだ》やかな笑《え》みを浮かべて息を引き取った。

「アリア……グスッ……アリアぁ……」

冷たくなった少女の体を抱きしめ、啜《すす》り泣きながらヨシダは何度も何度も幼馴染の名前を呼んだ。

二度目の最終戦争。

その最後は、運命に振り回された少年だった男と少女二人による、静かな幕切れだった。

エピローグ　それぞれの黄昏《たそがれ》

二度目の『魔王軍《まおう》』の侵略《しんりゃく》を防いだ『七英雄』たち。

彼《かれ》らには改めて『皇帝《こうてい》』マーガレットより新しく彼らのために作った最高位の勲章《くんしょう》が授《じゅ》与《よ》された。

授与式《じゅよしき》には七人とも出席し、ヨシダも今度は必要以上に恐縮することなく堂々とした様子で勲章を受け取っていたという。


そして月日は流れる。

犠牲《ぎせい》になった人々を弔《とむら》い、破壊《はかい》された町や村を復興し、人類は今日の犠牲を糧《かて》に進んでいく。

この先もずっと。何百年、何千年先も……色々な危機を乗り越《こ》えて弱く逞《たくま》しくしぶとく、生きていく。

そんな人類史に大きな功績を刻んだ『七英雄』たちの最後をここに記す。

ドーラ・アレキサンドラ、享年《きようねん》六十三。

死ぬ前日まで元気にモンスターを狩《か》って『正教国』を守っていた。心臓の病での急死の報は国民全員を悲しませ、その日は「偉大《いだい》なる母の日」として第二王国の祝日となった。

デレク・ヘンダーソン　享年六十五。
戦いの後、人が変わったように邪悪《じやあく》な雰囲気《ふんいき》の消えたデレクは、最終的には第三王国の経済をさらに発展させ国民や周囲の家臣からも信頼されるようになっていった。デレクの遺言《ゆいごん》は思いのほか短く、信頼できる身内や家臣に後を任せるという内容だった。そして最後に『妻と同じ墓に埋《う》めてくれ』と一言書かれていた。

イザベラ・スチュアート　享年七十。

最後まで一切《いつさい》の隙を見せず、第四王国の女王として君臨し続けたイザベラ。その徹底的《てつていてき》な政治手腕《しゆわん》は周囲から恐れられたが、全て権力と政略で黙《だま》らせ続けた。「まさか、デレクのやつよりも評判悪くなるとはね」と本人は自虐的《じぎやくてき》に笑った。

そのせいか彼女《かのじよ》の葬儀《そうぎ》には国家元首の割には参列者はほとんどいなかった。

だが……長年の側近であるアリシアだけは、葬儀の全てを執《と》り行い最後の最後まで彼女をサポートしたという。

ノーマン・ロックウッド　享年七十二。

戦争後『心義魔術界《まじゅつかい》』は名前を「マスターオブスピリットユニオン」と変更《へんこう》し、「ノリと勢いと人生エンジョイ」を信念に掲《かか》げて再出発した。当然あまりにも酷《ひど》い急な路線変更《へんこう》に元のメンバーはほとんど抜《ぬ》けたが、楽しそうにしているノーマンの姿を見て少しずつ人が集まり、前に比べれば随分《ずいぶん》小規模だが五十人くらいのコミュニティになっていた。

ノーマンはそんな五十人の仲間たちと、最後まで意味があるんだかないんだか分からないことをしてノリで魔法《まほう》を研究、修行《しゅぎょう》しながら、楽しそうに過ごしたという。

ヨシダ　享年七十七。

戦争で得た莫大《ばくだい》な報酬《ほうしゅう》の一部でアリアの墓を自宅の庭に立て、ひっそりと第七王国の田舎《いなか》の村で農業をしたり、簡単な武器や道具を作ったりして暮らした。なんの変哲《へんてつ》も無い田舎の特に豪華《ごうか》でもない家に、時々別の国の国王や『英雄』たちが遊びに訪ねて来るものだから、村の人々はよく驚《おどろ》かされていたという。

今度こそ間違いなく戦争を終結させた英雄で人柄《ひとがら》もいいということもあり、縁談《えんだん》の話も何度も上がったが、全て丁寧《ていねい》に断っていたらしい。

ケビン・ライフィセット　享年八十。

家臣たちに尻《しり》を叩かれ、戦争後もなんだかんだと国のために働かされ国民から親しまれ続けた。晩年に戦友たちが先に亡《な》くなっていくのを見て「一番さっさとリースのところに行きたいと思ってる僕が、こんなに生き残っちゃってさあ……なんか皮肉だねえ。あー、生きるのめんどくさい」と、ぼやいていたという。

そしてアラン・グレンジャーは……最後の戦友であるケビンが死んだ翌年、病に倒れた。

□□

白いベッド、白い天井《てんじょう》。

自力で起き上がることのできない、今まさに命が尽《つ》きようとする老いた体。

（……まあ、もって今夜一晩という感じか）

アランは自分の体の様子を感じ取り、そんなことを思った。

死にかけるという経験なら何度もしているし、なんなら一度死んだ記憶もある。たぶんだが、この感覚は正しいだろう。

なんとか目線だけを横に動かす。

「アナタ……」

「オヤジ……」

妻のロゼッタと、ロゼッタとの間にできた息子《むすこ》とその家族が心配そうにこちらを見ている。

戦争の後、ロゼッタに強引《ごういん》に押し切られるようにして結婚《けっこん》した。

病室のドアが開く。

「……アランさんは⁉」

駆《か》け込《こ》むように入ってきたのは、すっかり風格のある初老の男になったグリフィスである。

「一応……まだ……」

「……そうか。間に合ったか」

ロゼッタからその言葉を聞いて、ベッドの方に歩いてくる。

「アランさん……二人で話してた『魔界対策会議』、ようやく設立まで漕《こ》ぎ着けましたよ。今度は腐《くさ》らないようにしっかりと制度の管理をします。だから……安心してください」

グリフィスは今、国を跨《また》いだ対モンスター組織と各国の利害関係調整機関として生まれ変わった『人類防衛連合』のトップである。トップに立ったのに未《いま》だに現場に出ては大活《だいかつ》躍《やく》し、若者たちに「なってないぞ」と適切なアドバイスと小言を残していくという、ありがたくて迷惑《めいわく》な存在になっていた。

（……ああ、うん。ありがたいな）

こうして今際《いまわ》の際《きわ》に、素晴《すば》らしい報告が聞けた。

「……あ」

アランはなんとか力を振り絞《しぼ》って上体を起こし、声を出す。

「ありがとう……グリフィス。本当に頼もしい男になった……」

「アランさん……」

「お前は……俺たちにも負けない、素晴らしい『英雄』だよ」

「……っ、はい!!」

グリフィスはアランの言葉に、感無量という感じで頷《うなず》いた。

「……それから、ロゼッタ」

今度は妻の方に目を向ける。

「はい、アナタ」

「……最初は、もっと若くていい男がいるんじゃないかと思っていたが……少なくとも俺自身は……結婚して本当に良かったと今は思う……幸せをありがとう……」

「私も最高に幸せでしたよ。というか、まだそんなこと気にしていたんですか、失礼しちゃいますね」

そう言って少し口を尖《とが》らせる。

さすがにロゼッタも歳をとったが、そんな表情も未だに可愛《かわい》らしかった。

「……母さんを頼むぞ」

「……うん。任せてよお父さん」

最後に息子にそう言うと、涙目《なみだめ》で頷いた。

優秀《ゆうしゅう》で心優《こころやさ》しい自慢《じまん》の息子なのだが、少し心が繊細《せんさい》すぎるのが心配である。

まあだが……きっと大丈夫《だいじょうぶ》だろう。俺の息子だ。頼《たよ》れる家族もいる。

「……ふう」

一息ついて、アランは再び横になった。

全身の力が抜け、意識が遠のいていく。

ああ分かる。

最後の時が来た。

そして思い出す。


白いベッド、白い天井。

自力で起き上がることのできない、今まさに命が尽きようとする老いた体。

この四十年ほどで人類も発展し、さすがに前の世界には及ばないが前の世界の病院を思い出す程度には医療《いりょう》機器なども周囲に置かれている。


(……ああ、またここに戻ってきたな)

前世とほとんど同じ最後の景色。

だが、違《ちが》うのは心持ちだった。

(……ああ、やりきった。俺は人生をやりきった)

夢を叶《かな》え、若者たちに夢の続きを託《たく》し、人を愛し、人に愛されることができた。

全力で全身全霊《ぜんしんぜんれい》で、悔《く》いのない人生を過ごすことができた。

(見ているか……あの日の俺……いい人生だ。熱く輝《かがや》く最高の人生だったぞ……)

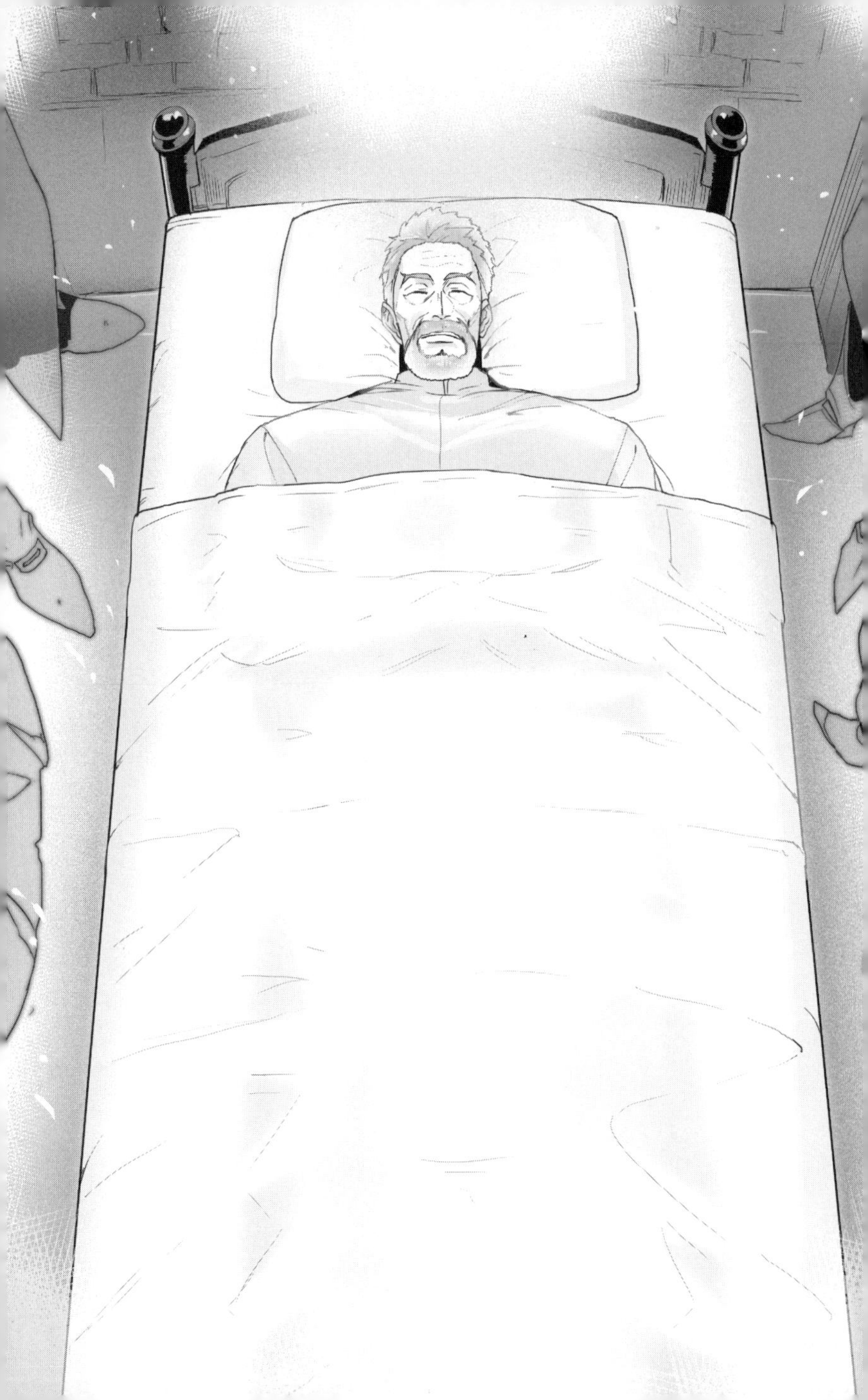

そうしてアランの意識は途絶《とだ》えた。

アラン・グレンジャー　享年八十二。

今度は転生せず、その魂《たましい》は安らかな眠《ねむ》りについた。

あとがき

ここまで読んでいただきありがとうございます。

皆さんお久しぶりです。岸馬きらくです。

最後まで神絵師の必殺イラストが炸裂した四巻でした。

さて。

これにて『アラフォー英雄』の物語、そしてアランの人生は完結となります。

最後にアランは自分の人生に心から満足することで生まれ変わることなく、その魂を眠りにつかせることができました。

自分語りをさせていただきますと、岸馬が公務員を辞めて作家を目差した日から誓っていることは、実はアランと似ています。

人生を悔いの無いように。

少し油断すると保守的な選択肢に寄り過ぎてしまう癖のある岸馬は、それを常に言い聞かせて生きています。

そうすると、人生の色々なことが好転しだしました。

叶えたかった夢も次々と叶って、欲しかったものも少しずつ手に入っていきました。

そして、昔はあった正体不明の「生に対する執着」「恐怖心」が弱くなっていき、逆に「もし今死んでもそれはそれでいいかな」という晴れやかな思いが芽生えてきました。

たぶん、人という生き物はそういうモノなのだと思います。

自分の中に試したい可能性が残っていればいるほど、それを試さずに終わるなんて嫌だ!! と苦しみ続けるものなのだと思います。

皆さんの人生に、まだ試していない可能性があるのであれば、是非挑戦していただきたいと思っています。そして、その『勇気』の一助にこの作品がなれば、これに勝る喜びはありません。

最後に。

連載打ち切りも多い昨今、始める前から想定したことを全て書ききることができて非常に作家冥利に尽きるシリーズでした。

また一つ、岸馬の中の可能性を試すことができ、心が晴れやかになった気分です。

まだまだクリエーターとして、人間として色々な可能性に挑戦するつもりですが、岸馬の人生の最後もアランのように心から晴れやかな気分で終えられればいいなあと、今から思いを馳せています。

それでは皆さま『新米オッサン』シリーズや、今こそこそと準備している新しいシリーズなどでまた会えることを楽しみしています。

著／保利亮太
イラスト／bob
ローゼリア王国を
手に入れた
御子柴亮真の
躍進は続く――。
2023年秋発売予定！

コミック版も好評連載中！
漫画：八木ゆかり
原作：保利亮太
キャラクター原案：bob
コミックス
①～⑨巻発売中!!
ファイアクロス公式サイト
firecross.jp
ウォルテニア戦記XXVI

コミカライズも連載中の
スナイパー英雄譚！
漫画：瀬菜モナコ
原作：かたなかじ　キャラクター原案：赤井てら
著／かたなかじ
イラスト／赤井てら
発売予定!!

魔眼と弾丸を使って
異世界をぶち抜く!
第18巻 2023年秋

HJ NOVELS
HJN64-04

アラフォーになった最強の英雄たち、再び戦場で無双する!! 4

2023年9月19日　初版発行

著者――岸馬きらく

発行者―松下大介
発行所―株式会社ホビージャパン
〒151-0053
東京都渋谷区代々木2-15-8
電話　03(5304)7604（編集）
　　　03(5304)9112（営業）

印刷所――大日本印刷株式会社

装丁――木村デザイン・ラボ／株式会社エストール

ISBN978-4-7986-3270-4　C0076

ファンレター、作品のご感想お待ちしております

〒151－0053　東京都渋谷区代々木2－15－8
(株)ホビージャパン HJノベルス編集部 気付
岸馬きらく 先生／ peroshi 先生